Querida [...]
espero disfrutes de esta
lectura y que sigamos
compartiendo y conversando
sobre libros y literatura
mucho tiempo más, con
mucho aprecio,
Luis Alejandro
14/9/18.

El último New York Times

SEd Suburbano
Ediciones

El último New York Times

Luis Alejandro Ordóñez

www.suburbanoediciones.com

@suburbanocom

A Olivia,

el verdadero motor de todas mis búsquedas

…tenho de acreditar que é verdade o que eles me dizem,
um jornal não pode mentir, seria o maior pecado do mundo…

José Saramago, O Ano da Morte de Ricardo Reis

INDICE

NEW YORK - CLEVELAND

-¿Ya terminó de leerlo? —preguntó el pasajero sentado frente a él.

-No, no... —Benjamin dobló el periódico con cuidado y comenzó a guardarlo en el bolsillo interno de su saco, pero la mirada censora del otro le hizo dudar e intentó darle alguna explicación.

-No es de hoy, es de hace dos días, se lo llevo a un amigo.

Con un pequeño gesto el otro pasajero dio a entender que no necesitaba más explicaciones y Benjamin estuvo seguro de que no habría más intercambio de palabras de ahí a Cleveland. Mejor así. Benjamin no estaba de ánimo para conversar y mucho menos para que alguien le diera un vistazo al periódico que ahora con tanto celo guardaba dentro de su traje.

Benjamin se encontró leyendo el periódico porque nunca tuvo la oportunidad de ver alguno de ellos. Luego de imprimir el ejemplar, el asistente de la imprenta tenía estrictas órdenes de destruir las planchas. Un solo lector, un solo número. Y sin correr riesgos de que se imprimiera otro. Pero el periódico que llevaba Benjamin se quedó frío, no hubo lector a quien entregárselo. Dos días antes, Benjamin fue a su oficina en el sótano del 229 W de la calle 43 y se encontró con el ejemplar no enviado y con que ya no tenía trabajo.

Desde que se hizo cargo de The New York Times, Hays Sulzberger se opuso a la presencia de Benjamin ahí. Calzar los zapatos de su suegro era tarea suficientemente difícil, y las críticas a los reportajes de Walter Duranty continuaban, por lo que el editor en jefe no quería correr el riesgo de que el trabajo de Benjamin trascendiera. Mientras el viejo Rockefeller estuviera vivo y su hijo quisiera mantenerlo contento, era poco lo que Hays podía hacer. Pero apenas se conoció la noticia de la muerte de John D. padre —y tratándose del New York Times la noticia se supo muy rápido— se redactó el memorándum que le daba un día a Benjamin para que abandonara la oficina.

La noticia había tomado por sorpresa a Benjamin. La de la muerte, no la del despido. El viejo estaba tan seguro de que viviría hasta los 100 años que convenció a todos de ello. "Me faltaban tres años", fue lo que pensó Benjamin al ver el memorándum, como si en el fondo le estuviera reclamando al viejo Rockefeller no haber sido capaz de cumplir su promesa. Entre aturdido y preocupado, Benjamin recogió sus apuntes y archivos, el ejemplar y alguna que otra pertenencia. No fue hasta el día siguiente que se dio realmente cuenta de que por primera vez tenía en sus manos un ejemplar de los que escribía, y en la noche, en medio de la duermevela, supo cuál tenía que ser el destino final de ese periódico, el último que escribió.

Tan poco habituado estaba Benjamin a tener el ejemplar en sus manos, que fue la necesidad de apartar la vista del espectáculo que se asomaba a través de la ventana del tren, lo que dirigió su atención al periódico. En cada casa destartalada, en cada camión o carreta abandonada, en cada niño harapiento jugando en un descampado, Benjamin veía las heridas de la crisis incesante. Él había tenido suerte, mucha suerte, primero por haber conseguido un lugar en la construcción de las torres del Rockefeller Center. En los días en que estaba por terminarse, o se había terminado, Benjamin no recuerda exactamente, una de las primeras torres, la familia en pleno estaba de visita y el viejo Rockefeller hacía gala de su simpatía y generosidad repartiendo monedas a todo el que se le acercaba. Incluso concejales y funcionarios públicos recibieron sus 10 centavos. Pero cuando por esas extrañas dinámicas de los flujos de personas, de pronto Benjamin y el viejo John D. se encontraron frente a frente, Benjamin se negó a recibir una moneda a cambio de nada.

-Tiene que comprarme alguna cosa, señor— le dijo Benjamin a Rockefeller, que tardó en reaccionar, algo sorprendido por la salida del muchacho.

-¿Y qué tienes para ofrecerme?— respondió Rockefeller.

Benjamin no pensó en ello, por supuesto no tenía nada salvo un par de herramientas, su casco y el manuscrito de un cuento que acababa de terminar y que pretendía corregir sentado en una viga de la torre en construcción mientras almorzaba. Dudó y se decidió.

-Un cuento, señor Rockefeller, soy escritor.

Benjamin se sacó el manuscrito que tenía guardado entre la doble camisa que usaba para protegerse un poco de los vientos fríos de las alturas de Manhattan y se lo entregó al viejo.

-No está firmado. ¿Cuál es tu nombre?

-Benjamin, Benjamin White.

-Estamos a mano, Benjamin White— dijo Rockefeller mientras le entregaba la moneda y doblaba los papeles para que cupieran en el bolsillo de su saco.

Nunca más Benjamin vio a Rockefeller, ni siquiera de lejos. Tampoco nunca más escribió un cuento, aunque lo que hacía para su periódico calificaba como eso, literatura de ficción.

Tras recoger sus apuntes y cuadernos, donde mantenía registro de las historias y noticias que escribía, el periódico y uno que otro objeto personal (la foto de su esposa, una pluma regalo de ella cuando obtuvo el empleo, un ejemplar de *La guerra de los mundos*

de H.G.Wells y la moneda que le dio Rockefeller),
Benjamin no tuvo deseos de tomar el tren de regreso
a casa. Con su pequeña carga de recuerdos a cuestas,
caminó por la Séptima Avenida hasta la calle 50 y se
preguntó dónde estaría la familia Rockefeller en ese
momento, si estarían yendo a Florida a buscar el cadáver
o si se lo encontrarían en algún sitio entre el lugar donde
murió el viejo y el cementerio donde lo iban a enterrar.
Benjamin reconoció un par de edificios donde trabajó y
luego enfiló por la Quinta Avenida hasta el parque. Ahí
estuvo hasta que la oscuridad lo obligó a marcharse.

En casa, su esposa lo esperaba con preocupación no
por lo tarde que era sino por el estado de ánimo en que
pudiera estar Benjamin. Ese domingo, cuando regresó a
casa decidió guardarse la noticia al darse cuenta de que
su esposa no se había enterado. Benjamin salió a trabajar
el lunes como si nada, un poco en estado de negación,
un poco esperando que el periódico o la fundación le
tuvieran alguna noticia buena respecto a su destino en una
organización o en la otra. Susan por fin se enteró un par
de horas después, debido a la conversación de los vecinos
a la salida de la misa del día. Quiso ir tras Benjamin,
encontrárselo, pero sabía que lo mejor era esperar en
silencio, como una buena esposa, como la buena esposa

que demostró ser cuando su marido le dijo que había cambiado de trabajo, que dejó la construcción por una posición extraña, entre la Fundación Rockefeller y The New York Times. Susan no comprendió nunca el trabajo de su marido, no entendía la razón por la que el señor Rockefeller, el hijo, quería que su padre leyera noticias falsas, es un engaño, mentirle a su propio padre, eso tiene que ser pecado; Susan se tragaba sus pensamientos y guardaba un silencio un poco culpable, después de todo Benjamin era parte del pecado.

A Susan no le había faltado nada desde que se casó con Benjamin, en tiempos donde el solo hecho de tener comida todos los días era suficiente razón para estar eternamente agradecidos, pero ya iban para cinco años de casados y todavía no habían sido bendecidos con un hijo, que era lo que Susan más quería en esta vida. Desde que Benjamin comenzó a trabajar en un oficio tan censurable, Susan albergó el temor de que la falta de hijos se debiera a un castigo de Dios y con mucha oración diaria pedía perdón por todas las mentiras que Benjamin iba a tener que escribir.

Con alivio, Dios la perdone, escuchó de boca de su esposo que en efecto, muerto el viejo ya no habría periódico que escribir. Al día siguiente, Benjamin intentaría retomar su trabajo en la construcción del Rockefeller Center, al que todavía le faltaban unos edificios para ser terminado, pero debido al trasnocho y, qué duda cabe, a las emociones dispares de los dos días anteriores, Benjamin durmió hasta después del mediodía. Acompañó a su mujer a la iglesia y ahí rezaron. Ella rezó como todos los días para ayudar a expiar los pecados del marido, él por el futuro, que se le presentaba completamente incierto.

Benjamín piensa que ya no es el mismo, que no podría volver a trabajar en los rascacielos. No es fácil subirse a una viga a 20 o 30 metros de altura y martillar o atornillar venciendo el vértigo, el viento y el frío. No se trata de haberse ablandado ni mucho menos, que su trabajo en el periódico no era menos duro: escribir cuatro páginas completas todos los días, ocho el viernes para dejar la edición del sábado lista y poder tomarse el día; y volver a comenzar el domingo. Solo que volver a la construcción sería una renuncia, sería perder lo poco que había ganado con su obra, por qué no llamarla así, tres años ininterrumpidos de escribir y publicar, aunque el lector haya sido uno solo y la prueba haya sido destruida, él sabe que existió el periódico y que él lo escribió, que ganó oficio y pluma, que es capaz de convertir en una hermosa narración de esperanza cualquier evento que suceda en el mundo, que sabe cuándo un hecho solo da para una pequeña nota y cuándo vale la pena escribir varias entregas sobre el mismo, desarrollarlo hasta darle conclusión. Quien lea el periódico, si es que en las residencias de los Rockefeller guardaron uno que otro ejemplar, así lo apreciaría; así lo apreció el viejo, al menos eso deduce Benjamin, que nunca recibió un llamado de atención, una queja por algún contenido indebido, por una historia poco inspiradora o poco creíble, y sobre todo porque solo la muerte del viejo le puso fin a sus labores.

Nada de eso sirve ahora. Sus cuadernos de apuntes no son sino eso, apuntes. En el New York Times nadie avalaría que él era parte del equipo, porque no lo era, y en la Fundación Rockefeller nadie lo conoce, salvo quizás algún contador encargado de asentar en los libros su pago semanal. La única prueba de su labor de los últimos tres años era el ejemplar que se quedó frío y que recogió de su escritorio.

No quiso leer el periódico. No el último. No el que le llegó porque nadie supo qué hacer con él. Benjamin entendió eso como una señal de respeto, pero no se engañó, no era para él. Seguramente en los pasillos del

Times Square Building sabían quién era él, aunque se cuidaran bien de no dirigirle la palabra, o quizás el que se cuidaran tanto era la comprobación tácita de que sabían lo que él hacía. El periódico del viejo Rockefeller, que solo el poderoso y venerado anciano leía. Cuando nadie llegó a buscarlo, prefirieron dejarlo ahí. No iba a ser Benjamin quien violentara el respeto o el temor por ese misterioso ejemplar que diariamente salía hacia el lugar donde estuviera John D. Rockefeller.

Al levantarse el martes le dijo a su esposa que iría al funeral del viejo y que después de eso pensaría en el futuro. Ella calló como siempre lo hacía cuando su esposo mencionaba algo relacionado con su labor en el periódico o cuando hablaba del futuro.

Después de ir a misa con su mujer, se propuso averiguar dónde enterrarían a Rockefeller y no tardó nada en hacerlo. La noticia fue bien comentada y seguida y en el propio New York Times, el de las noticias reales, informaban que el sepelio tendría lugar el jueves en el cementerio Lake View de Cleveland, donde ya la familia tenía un obelisco en homenaje a los miembros enterrados ahí.

Tras haber perdido la mayor parte del día durmiendo, decidió Benjamin que lo mejor sería tomarse el resto del martes y salir lo más temprano posible a Grand Central la mañana siguiente. Con apenas el traje dominguero en una maleta, que vestiría en el funeral, abordó el tren a Cleveland.

Viajar en tren siempre le producía a Benjamin una extraña sensación, como si de pronto estuviera en una realidad ajena, distinta. Por la ventanilla veía pasar casas, árboles, sembradíos, edificios, pero todo parecía falso, como maquetas de exhibición en un museo. Pensó en cómo se verían las cosas desde el aire, desde un dirigible, por ejemplo, y recordó que apenas unas semanas atrás incluyó en el periódico la noticia del exitoso viaje trasatlántico del Hindenburg. Pocas veces Benjamin hacía cosas así: tomar un evento, una tragedia como la del Hindenburg, y narrarlo con un final feliz. Le parecía un riesgo importante. Lo más seguro es que a Rockefeller lo visitara mucha gente, gente importante, gente de mundo. En esas conversaciones podían surgir comentarios sobre la actualidad, supo lo del Hindenburg, señor Rockefeller, sí, lindo viaje, cómo me hubiera gustado estar en él. No, una cosa era mantener feliz al viejo, otra que la gente comenzara a creer que tenía demencia senil.

Pero en esa película que pasa por delante de él a través de la ventanilla, Benjamin reconoció muchas de las historias de su total invención. Historias que en el periódico de Rockefeller hablaban sobre personas que con tesón lograron superar las secuelas de la gran depresión, en la ventanilla se aparecían exigiéndole a Benjamin una fe de erratas. Mejor era refugiarse en las siempre amables páginas del New York Times que llevaba en su regazo.

Leerse por primera vez en el papel periódico fue toda una revelación. Reconocer todos y cada uno de los artículos, todas y cada una de las oraciones, de las palabras, pero a la vez sentirlas tan ajenas, como si no le pertenecieran y de hecho, no le pertenecían. Descubrió una frase un poco oscura, un adjetivo mal utilizado, dos letras intercambiadas de lugar, y ya no podía hacer nada, si hubiera habido un lector habría tenido que descifrar lo que Benjamin quiso decir en la frase, contrastar el adjetivo con su propio conocimiento del verdadero significado e intercambiar las letras como si fuera disléxico. Poder abrir su periódico, pasar las páginas, leer cada noticia, cada pieza de opinión, cada reportaje, fue una alegría por completo inesperada, una alegría que le habían robado en el New York Times por miedo a que alguno de esos ejemplares se conociera más allá del entorno de John D. Rockefeller. El viejo quería su propio New York Times con noticias personales y a su gusto, qué tan grave podía ser que otros las leyeran. Ni siquiera dejaban que Benjamin conservara copias para su archivo personal. Luego de tres años escribiendo el periódico que el viejo leía todas las mañanas, a Benjamin le quedó solo el último ejemplar porque ese día, el 24 de mayo, ya no había a quién entregárselo.

Trabajando en la edición del 24 de mayo, Benjamin recibió la noticia de la muerte de John D. Rockefeller a los 97 años, y consecuente con su función en el periódico, la apartó como una de las que no podrían formar parte de la edición del día. Terminó Benjamin su trabajo que llegaba hasta la composición de las cuatro páginas, entregó las placas y se fue. Al día siguiente, el último ejemplar de The New York Times, el que no incluyó la noticia de la muerte de John D. Rockefeller para no correr ningún riesgo de que el viejo la leyera, lo estaba esperando junto al memorándum donde se le ordenaba entregar la oficina a más tardar al día siguiente.

Nunca tuvo del todo claro cómo funcionaba el mecanismo. A quién debía rendirle pleitesía. Quién daba órdenes o quién le pagaba. El sobre con el dinero en efectivo siempre estuvo puntual en su escritorio, al igual que el periódico, se imagina, llegaba puntual a las manos de John padre. Pero en The New York Times lo ignoraban por completo y nunca tuvo que aparecerse por las oficinas de la Fundación Rockefeller, si es que era la fundación la encargada de su labor; quizás desde la mismísima Standard Oil le pagaban sus honorarios. Lo cierto es que el desprecio que recibía en el Times y la distancia a la que se encontraba de la Fundación y de la petrolera, le dio a Benjamin total libertad para crear su ejemplar como una auténtica obra de arte, único, original, irrepetible e irreproducible día a día.

El secreto estaba en el método. Benjamin comenzaba leyendo el Times y de ahí seleccionaba sus historias. También, mantenía apuntes sobre lo que oía en la calle, en el subterráneo, en conversaciones con amigos, para incorporar historias de personas normales. Una vez que escogía los temas que tocaría, les ponía título y comenzaba a escribir, de un tirón, no había tiempo para darle demasiadas vueltas a la cabeza. Las notas más fáciles eran como la del exitoso vuelo del Hindenburg, esas las dejaba para el final. Las difíciles eran las otras, que le exigían recrear vidas e historias personales, circunstancias de adversidad que con esfuerzo se superaban, o espíritus altruistas que ayudaban desde su mejor posición social o simplemente desde su suerte. No repetirse, aunque las historias fueran similares, era clave para mantener la credibilidad de lo que narraba. Lo peor que podía pasarle al New York Times de Rockefeller era que frente a alguna noticia el viejo pensara que aquello no podía ser cierto.

Una vez llegado al Union Terminal de Cleveland, Benjamin preguntó si desde ahí era fácil llegar al cementerio. Sería una larga caminata por la avenida Euclid, pero cuando Benjamin le dijo al oficial de la estación que contaba con suficiente tiempo, ya que no tenía que llegar al cementerio sino hasta el día siguiente, el oficial le respondió que estaba de suerte porque en la avenida Euclid había muchas mansiones convertidas en pensión.

En efecto, la avenida había sido lugar de residencia de muchas familias ricas, pero la mayoría de las casas ahora estaban abandonadas o se habían convertido en pensiones. Benjamin supuso que el lugar fue golpeado con saña por la gran depresión, pero también se imaginó que podría decir lo mismo de casi cualquier lugar del país al que llegara. Una vez más agradeció su propia fortuna y paso seguido lamentó que la misma estuviera a punto de cambiar, quién sabe si para mal. Él quería pensar que no, que podría presentarse en algún periódico, quizás ahí mismo en Cleveland, y conseguir trabajo. Había muchas historias que contar, historias verdaderas, la guerra en España y la situación europea, el propio esfuerzo de superar la depresión, quién sabe qué otras cosas más, y él tenía la pluma, tenía la experiencia, alguien en algún lugar seguramente se interesaría en darle una nueva oportunidad. Solo tenía que encontrarlo.

Benjamin consiguió un cuarto en una de las antiguas mansiones. La casera le dijo que había tenido suerte, en dos días quizás no hubiera encontrado nada disponible.

-¿Por qué? —preguntó algo extrañado Benjamin.

-Este 29 comienza la Exposición de los Grandes Lagos, el año pasado fue un éxito, este año todos esperamos que venga aún más gente.

-¿Y qué hay en la exposición?

-De todo, música, comida, pabellones de industrias, hasta un huerto, la primera fue muy interesante y divertida. La gente vino y se quedaba por varios días, la mayoría por diversión, pero también hubo personas buscando empleo o haciendo negocios, pocas veces se había visto algo así en Cleveland.

-Interesante, quizás alargue mi visita para echar un vistazo.

-¿Hasta cuándo pensaba quedarse?

-En principio pensaba salir el viernes de regreso a Nueva York, pero algo así como la exposición me interesa, debe haber periodistas y hombres de negocios, sería bueno hacer algunos contactos.

-¿Y qué lo trajo por Cleveland, si se puede saber?

-Vine al entierro de Rockefeller, quiero presentarle mis respetos.

-¿Lo conocía?

-Una vez hablamos, e indirectamente trabajaba para él.

-La familia Rockefeller vivió en esta misma calle, hace mucho tiempo.

-¿En serio?

-Eran otros tiempos. Nadie quiere recordar que a

este lugar le decían el corredor de los millonarios.

-Se ve en las casas, el pasado.

-Solo eso.

Benjamin se dio cuenta de que la conversación había llegado a un punto muy difícil para la casera, quién sabe si ella había sido la señora de la casa con una docena de empleados a su disposición. Sin decir otra palabra, Benjamin tomó la llave de su habitación y subió por las escaleras.

-Es la tercera puerta —dijo desde abajo la casera.

En las dimensiones, en lo robusto de las maderas, los acabados de las columnas, se veían los restos de una época de abundancia. Pero a juzgar por lo desnudo de las paredes, lo pobre de los muebles, todo lo que pudiera haber tenido algún valor fue sacado de la casa, quizás para venderlo, quizás para protegerlo de los huéspedes, quizás se lo robaron. Todas las especulaciones que hiciera sobre la casa, la casera y los vecinos, no serían sino eso, simples especulaciones, pero corría el riesgo de que lo dañaran. Este viaje empezaba a llenársele de mucha tristeza a Benjamin.

No es que se estuviera arrepintiendo de hacerlo, pero eran demasiados los mensajes que le enviaba la realidad, como si el haberse dedicado al periódico lo hubiera puesto a vivir un poco en el mundo de fantasía que creaba diariamente en sus páginas. No se sabía tan vulnerable. No hasta que tomó el tren a Cleveland.

Benjamin estaba cansado. Se durmió temprano y profundo, a pesar de que la cama no era cómoda y la cobija no era suficiente protección para la noche primaveral de Cleveland. Pero no pensó, al menos no en el futuro, y eso era suficiente.

Al levantarse, se vistió con el traje dominguero y salió rumbo al cementerio. Él sabía que la ceremonia sería privada, pero tenía el plan de pararse con el ejemplar del New York Times extendido al paso del cortejo para ver si John hijo o alguno de sus asistentes lo reconocía. Fue John hijo el que se presentó en la construcción un par de días después del encuentro entre el padre y Benjamin. El heredero del imperio Rockefeller le dijo que desde que su padre tuvo que dejar el golf pocas cosas lo habían hecho tan feliz como el cuento que Benjamin le entregó.

-Mi padre dijo que así debían ser los periódicos —le

contó John hijo a Benjamin—. Que ojalá el New York Times fuera así. Entonces se me ocurrió.

Después de eso, John hijo no habló sino para despedirse y agradecerle a Benjamin. Todo el plan, el convenio con el New York Times, la función de Benjamin y la paga, se la explicaron los asistentes del heredero.

Sí, Benjamin sabía que difícilmente su plan para ser parte del cortejo fúnebre y de la ceremonia de entierro del viejo Rockefeller funcionaría, pero él lo que quería era dejar la última edición del periódico al pie de la tumba. Si no lograba unirse, esperaría a que terminara el sepelio y entonces haría él su pequeña ceremonia personal. Después de todo, siempre habían sido solo él y el viejo Rockefeller.

Pero al parecer esta vez no sería así. Al llegar a la entrada del cementerio Benjamin supo que apenas sería uno más entre varios curiosos que querían ver pasar el cortejo fúnebre, bien para despedir al millonario, al paisano que aunque no nació en Cleveland se crió ahí y desde esa ciudad comenzó su imperio, o simplemente para ver gente importante, que esas ocasiones son muy contadas en ciudades como esta, de fábricas e industrias caídas en desgracia tras la depresión.

Intentó Benjamin entrar al cementerio, pero el guardia de la puerta se lo impidió, no habría acceso hasta que la ceremonia privada tuviera fin. Volvió al grupo de curiosos y se puso al borde del camino de entrada con el ejemplar del New York Times de Rockefeller listo para extenderlo y mostrárselo a los deudos a su paso.

Pero el féretro pasó y cada uno de los deudos también sin que alguien se detuviera frente a Benjamin y su periódico extendido. Buena parte de los curiosos se fueron, otros, junto a Benjamin, esperaron a que terminara la ceremonia, quizás una vez finalizado el sepelio las personalidades estarían más abiertas a intercambiar palabras con la gente. Cuando los deudos comenzaron a salir, de manera menos compacta y más dispersos que a la entrada, Benjamin volvió a tomar la misma posición y otra vez nadie se detuvo.

Salieron los últimos carros, donde deben haber estado John D. hijo y su familia, supuso Benjamin. Tras ellos se marcharon los últimos curiosos y unos diez minutos después las puertas del cementerio volvieron a abrirse. Preguntó Benjamin si habría problema con que visitara la tumba y el guardia respondió que no.

Caminó Benjamin hacia el lugar, fácilmente localizable por el obelisco que dominaba por completo el jardín. Entre las tumbas de la esposa y de la madre estaba la del viejo. Benjamin se acercó y sobre varias coronas de flores dejó el ejemplar del New York Times que no llegó a Rockefeller en vida. Entonces, sin saber del todo si era por el viejo o por él, Benjamin se echó a llorar.

Ya no había nada que hacer ahí. Ese era el final. La que había dejado sobre la tumba de Rockefeller era la última edición del New York Times, del suyo, tan suyo como del viejo, Rockefeller quiso leer lo que quería, y cuando lo tuvo frente a sí leyó como siempre había leído, leyó como era él, pero Benjamin escribió siempre lo que pudo y para poder más tuvo que transformarse, tuvo que mirar el mundo de una manera distinta, tuvo que desarrollar nuevas voces, tuvo que estar a la altura de algo que no sabía bien qué era, que nunca supo lo que era, Rockefeller, esa entelequia, esa persona desconocida por más famosa que fuera, que se sentaba ahí todos los días con su periódico especial y leía, qué leía, en qué noticias se detenía más, cuáles historias se saltaba, cuáles disfrutaba hasta el cansancio, cuáles le producían un profundo aburrimiento, cuáles le disgustaban pero no podía dejarlas de leer, nada de eso supo Benjamin y tuvo que seguir escribiendo, escribiendo como si él mismo fuera Rockefeller, como si él fuera un anciano multimillonario que cedió a la caridad la mayor parte de su fortuna porque con lo que se quedara sería suficiente, sería demasiado, demasiado para cualquier otra persona, demasiado para Benjamin que gracias al periódico vivió cómodo pero no le sobraba el dinero, cómo meterse en los zapatos de quien podía regalarlo a borbotones porque ya nunca le faltaría, y sin embargo eso fue lo que hizo, lo que intentó hacer Benjamin durante más de tres años, quién sabe si lo logró, el único que podía decirlo está ahí a sus pies, en silencio, para siempre.

Apenas abandonó el cementerio, el arrepentimiento casi lo hizo devolverse. Acababa de desprenderse de la única prueba de la existencia de estos últimos tres años. Bien visto, el que aquel ejemplar hubiera llegado a sus manos se trató de un error, la muerte del viejo Rockefeller y el fin de la labor de Benjamin hizo que los protectores del prestigio periodístico del New York Times bajaran la guardia y un ejemplar único, pero suficiente a la hora de dejarlos en evidencia, se les había escapado. Quizás dentro de unos días se aparezcan en su casa preguntándole dónde guardó el último número, exigiéndole pruebas de que en efecto lo había dejado en la tumba de Rockefeller. Quizás ya habían pasado por ahí y Susan solo pudo responderles que su marido estaba en Cleveland. Tal vez ante semejante confesión, esos señores, mandaderos de Hays sin duda, habrán comprendido lo que Benjamin intentaba hacer. Pero en el fondo, Benjamin sabe que lo más seguro es que nadie se haya preguntado por ese último número, es un periódico de hace tres días, a quién puede interesarle, cualquier periódico se vuelve un poco ficticio con el paso de los días, las noticias dejan de tener sentido por el olvido a que son sometidos los hechos y los hombres. Con el paso de los años, el periódico que Benjamin escribía para Rockefeller se volverá exactamente igual y completamente indistinguible de cualquier ejemplar del verdadero New York Times. Por eso nadie ha tocado la puerta de su casa y nadie la va a tocar, ese último ejemplar de su New York Times solo le interesaba a él, solo tenía sentido para él, él era el único que podía, que debía conservarlo. Y a Benjamin lo que se le antojó fue ofrendarlo en una tumba donde a lo sumo pasará un par de días antes de que el viento, la lluvia o el personal de mantenimiento lo destruyan para siempre. Aún a sabiendas de que sin ese periódico sería muy difícil convencer a cualquier persona de que él trabajó tres años escribiendo un falso New York Times, Benjamin no se devolvió a recogerlo. Si su vida de los últimos años se convertía en una especie de ficción, sería el resultado de la buena labor realizada. Él era la principal ficción contada entre líneas en las páginas de la falsa edición. Había que cerrar el ciclo y realizar el homenaje. Dubitativo, Benjamin siguió su marcha hasta que tras pocos pasos recobró la misma decisión con que estuvo parado con el ejemplar extendido viendo el cortejo fúnebre pasar.

Benjamin regresó a la pensión sin saber qué hacer. Estaba cansado, quería dormir, en estos tres días no había hecho prácticamente nada, no como solía hacerlo, y aún así estaba todo el tiempo cansado, soñoliento, lo mejor era luchar contra eso. Le preguntó a la casera si tenía algo con qué escribir y la señora le dio lo mejor que consiguió, un par de hojas del cuaderno donde llevaba la cuenta de los días y pagos de los huéspedes y un carboncillo que algún pintor o aspirante a serlo dejó alguna vez en su habitación y terminó ahí en el escritorio de la casera. Benjamin estuvo tentado a preguntarle a la señora por su historia, sería ella parte de los días de gloria de aquella mansión o llegó después, cuando la decadencia se había instalado en las habitaciones como el más importante huésped, o como uno indeseable al que no hay manera de correr. Pero Benjamin se dio cuenta de que no podría permanecer ahí si la casera comenzaba a hablar, que no tendría fuerzas para soportarlo, como si la ausencia del periódico le hubiera quitado también el sentido a escuchar historias así.

Ya en su cuarto, con las hojas y el carboncillo listos para escribir, Benjamin reflexionó un poco sobre lo que había sentido frente a la casera. De pronto, la idea de no poder controlar el mundo le pareció horrenda. Quizás eso era lo mismo que sentía Rockefeller.

En el silencio de la pensión, aquel primer relato, el que le costó 10 centavos al viejo, volvió a su recuerdo. El relato no se parecía al periódico. Era una historia de amor con final feliz, pero solo hablaba de tribulaciones de enamorados, no tenía contexto social o algún crecimiento personal más allá del de los novios felices para siempre. Por qué le habría gustado a Rockefeller. Por qué la orden de los asistentes de John D. hijo fue hacer un periódico de buenas noticias. El viejo de verdad habrá dicho que así debían ser los periódicos, solo con buenas noticias. Las horas se le fueron pensando esas cosas y el sueño indomable de los últimos días volvió a vencerlo. El papel y el carboncillo terminaron en el piso sin haber sido usados.

Se levantó temprano y aún indeciso si se quedaría un par de días más o se marcharía de regreso a Nueva York esa misma tarde. En la escalera, sin embargo, tuvo que tomar una rápida decisión. La casera lo estaba esperando para preguntarle si contaba con el cuarto para quienes comenzaran a llegar por la Exposición. Al ver que en efecto había varios viajeros esperando su turno para ser atendidos, incluso una familia completa (padre, madre, dos hijos varones, una niña), Benjamin pensó que podía valer la pena darle un vistazo al evento. Hombres de negocio, de industria, periodistas, gente con contactos, quién sabe, ya que estaba ahí por qué no. Tras confirmar que se quedaría hasta la mañana del lunes, salió de la pensión rumbo a una oficina de telégrafos para escribirle a su esposa. "Regreso lunes. Buscaré negocios fin semana".

La Exposición comenzaba al día siguiente, tenía frente a sí un largo viernes sin nada que hacer. Le preguntó por los Indios a la encargada de anotar los telegramas y ella le confirmó que estaban en la ciudad.

-Lástima que es viernes, le toca ir al viejo parque, el nuevo lo usan los domingos y sobre todo durante el verano.

-¿Sigue usted mucho a los Indios?

-No, pero trabajo en el telégrafo, tengo que saber de todo.

-¿Y sabe contra quién juegan hoy?

-Contra los Medias Blancas.

Lamentó Benjamin que el juego no fuera contra los Yankees. Habría sido linda la oportunidad de ir a otra ciudad a insultar a Gehrig, DiMaggio, Gomez y compañía. Él se había críado y todavía vivía muy cerca del Polo Grounds; como buen fanático de los Gigantes, no sabía mucho de los equipos de la Liga Americana salvo de los odiados Yankees. Ver un partido entre los Indios y los Medias Blancas sería rencontrarse con la pureza del juego, disfrutar de la pelota porque es hermosa, sin sufrir el resultado, la derrota o la victoria, que a veces las victorias se desean tanto, se ligan tanto que se sufren igual, duelen como si se hubiera perdido.

Volvió a la pensión para asearse un poco y salió de nuevo rumbo al estadio. Almorzó en los alrededores del parque y compró su entrada. Los Medias Blancas derrotaron a los Indios 3 carreras por 2 en 10 entradas.

Al salir del juego, sin querer, Benjamin continuó su homenaje al vagar por la ciudad y terminar en el parque Rockefeller, uno de los regalos que el millonario hizo a su ciudad. Benjamin volvió a encontrarse con que no tenía muy claro por qué seguía en Cleveland. Para ser honestos, tampoco por qué había ido. Dejar el periódico sobre la tumba fue un impulso, un homenaje vacío para alguien que no lo necesitaba. En realidad, qué necesitaba el viejo. Nada. Esperar. Esperar la muerte, o esperar a cumplir los 100 años, que como meta no es sino una manera de enmascarar que ya lo único que queda en la vida es esperar la muerte. El periódico de Benjamin ayudó al viejo en esa espera, disfrazando la realidad quién sabe por qué motivos. No por buenas las noticias alejan la certeza del final y la empresa intentaba simplemente alegrarle los monótonos días al anciano, no hacerlo sentir inmortal.

Solo cuando hablaba con Susan de su día en el periódico, lo invadía todo el sinsentido de su tarea de la forma en que lo estaba invadiendo ahora. Pero delante de su esposa no intentaba reflexionar sobre los motivos del anciano o de su hijo sino de calmar los múltiples temores que su trabajo despertaba en Susan. Caminando por el jardín, Benjamin entendió todo, o al menos así quiso creerlo. Él no había sido sino otro de los proyectos de caridad del viejo. El último. Nunca hubo tal deseo de Rockefeller por leer buenas noticias. La buena noticia era el propio Benjamin, que pasó de obrero de la construcción a editor en jefe del New York Times especial de un plumazo. Por eso el cuento que leyó Rockefeller no tenía nada que ver con el encargo, por eso la empresa molestó tanto a los del New York Times, por eso nadie lo reconoció a él o al periódico en el entierro. Poco importaba Benjamin en todo esto, lo importante era que un viejo se sentía satisfecho todas las mañanas gracias al periódico que le llegaba puntual diciendo en todas y cada una de sus páginas y líneas que sí, que su experimento funcionó y con ello todos los demás, sí era posible cambiar la vida de una persona y Benjamin se lo recordó al anciano hasta el último de sus días. Murió tranquilo Rockefeller debido al esfuerzo de Benjamin.

Ahora, por primera vez en tres años, Benjamin estaba solo sin el extraño benefactor que se había encontrado y que le creó un trabajo para que pudiera sorprenderlo.

Regresó a la pensión y entró en su cuarto. Ahí estaban las hojas y el carboncillo. Era un comienzo, muy pequeño, pero por el día de hoy sería suficiente. Al día siguiente un nuevo periódico saldría publicado.

LISBOA

El error en la leyenda de la foto, por más que la diferencia entre un lugar y otro fuera insignificante, mostraba toda la magnitud de su fracaso. No fue en Daytona Beach, fue en Ormond Beach, y aunque Gilberto nunca había ido a Estados Unidos y apenas tenía idea de cómo serían las playas de Florida, para él era punto de honor saber que John D. Rockefeller tenía su residencia de verano en Ormond Beach y no en Daytona Beach y que fue en esa residencia donde murió.

El Diario de Lisboa le dedicó a la muerte de Rockefeller apenas una foto en la esquina derecha inferior de la página y, no conformes, cometieron el error: "La última fotografía de John Rockefeller, 'el rey del petróleo', que murió ayer a los 97 años de edad en su casa de invierno, en Daytona Beach, Florida".

Al menos la foto era lo suficientemente grande como para mostrar al anciano en toda su dignidad. El hombre que quería vivir 100 años y que regaló casi toda su fortuna a la caridad. Qué mal gusto, no mencionar eso y en cambio tildarlo apenas de "Rey del petróleo". Gilberto no estaba para nada conforme con tan escasa cobertura, pero no esperaba lo contrario. En el último año le había dedicado a la figura del magnate una atención que nunca logró contagiar al director del periódico. Esta fotoleyenda era el último mensaje que le enviaba su jefe. Y con último Gilberto quería decir de verdad último. Antes de ir al Hotel Bragança, pasó por la oficina de telégrafos y envió un escueto mensaje. "Sábado último día. Renuncio".

"En unos años los telégrafos podrán enviar fotos", pensó Gilberto con triste ironía. A su telegrama le faltaba la contundencia de una imagen para que el señor Manso supiera que la pequeña nota se la había tomado como una afrenta personal. Pero qué sabía Gilberto del futuro. Ni siquiera había pensado en el futuro cuando entró en la oficina de telégrafos y redactó su renuncia. Solo se preguntó "y ahora qué" cuando el mensaje ya había salido, que tratándose de un telegrama con un destino tan cercano no tuvo que salir vía cables sino directamente en la mochila del cartero. Hasta el encargado del telégrafo le dijo que podía enviar el mensaje él mismo y así se ahorraba un escudo, pero Gilberto no quería volver a pisar el 44 de la calle Luz Soriano.

En el comedor del Bragança se preguntó si en realidad valía la pena haber sido tan tajante. No se jugó demasiado por esa historia, al menos no al principio. Después, con las continuas negativas del director, el asunto se volvió más y más personal y este resultado parecía ser la evolución lógica de la situación. Rockefeller murió y él no estaba de guardia ese día. Pudieron haberlo buscado para que escribiera algo, no mucho, después de todo, el Diario de Lisboa es un vespertino y ya lunes al mediodía la noticia podía ser considerada vieja, pero eso no explica la fotoleyenda. Otra vez la ira invadió a Gilberto y de nuevo se convenció de que no le quedaba otra decisión posible salvo la renuncia.

La primera vez que oyó hablar del periódico de buenas noticias de Rockefeller fue de la boca de su hermana, diez años mayor que él. Fue un día en que las noticias que llegaban desde la vecina España sobre la inminencia de un conflicto tenían particularmente pesimistas a los contertulios de la casa de la familia Gomes, que como casi todos los domingos se reunía en un largo almuerzo después de ir a misa. Ahí, en medio de partes de preguerra y qué será de nosotros, María dijo que la culpa la tenían ellos mismos por leer tantos periódicos, "los periódicos siempre mienten", recuerda Gilberto que dijo su hermana, para luego agregar que por eso los reyes y los millonarios se mandaban a hacer los suyos. Hasta ahí parecía un comentario genérico. En efecto, pensó Gilberto, los millonarios podían comprar periódicos bien para mentir bien para decir verdades incómodas, pero su pensamiento fue interrumpido por lo que siguió diciendo María: "Como el viejo Rockefeller, que recibe un periódico solo de buenas noticias porque eso es lo que le gusta leer".

Las tertulias familiares siempre son desordenadas y bulliciosas, las ideas van y vienen, los sentimientos también, y los temas cambian a ritmo vertiginoso, se pasa de la pelea al olvido sin dejar ninguna traza, ninguna herida, ningún rencor. Algún comentario llevó la conversación por otros derroteros y aquella tarde no se habló más ni de Rockefeller ni de la veracidad de los periódicos. Gilberto olvidó la historia hasta que regresó a él de una forma, como cabía esperarse, inesperada.

Un viejo amigo de la universidad, el poeta Paulo Salcido, lo estaba esperando frente a su casa con el ejemplar del día del Diario de Lisboa listo para enrostrárselo, pero prefirió contenerse hasta el almuerzo.

-¿Te gustaría ir al Hotel Bragança? La comida es muy buena.

-¿A cuál de los dos?

-Al de la calle Alecrim. No te queda lejos de la oficina del periódico.

Gilberto solía entrar a trabajar después del almuerzo, y se quedaba en las oficinas del Diario a veces hasta más allá de la medianoche, cuando la edición estaba casi lista, al menos las notas o páginas que le tocaban a él. Deportes era una sección que todavía no tenía mucho peso en el periódico, por ello con frecuencia variaba de extensión o de lugar; a veces Gilberto tenía doble página a su disposición, a veces el espacio no alcanzaba media página.

Cuando se reunía con Paulo las conversaciones siempre comenzaban por el mundo deportivo, el cual el poeta despreciaba profundamente. Sin embargo, Gilberto nunca supo si por sorna o por genuina curiosidad su amigo le preguntaba por el Benfica o por las carreras de autos y Gilberto lo ponía al día.

Pero en aquella oportunidad, el poeta fue directo al grano y antes de ordenar ya Paulo le reclamaba el raquítico espacio dedicado a la muerte del gran Fernando Pessoa en el periódico, con el agravante de que Pessoa había sido colaborador del diario por mucho tiempo. Gilberto intentó defenderse: no era su área, Pessoa murió el domingo y ya era martes, no tenía sentido darle tanto espacio.

-Sí tenía. La importancia de Pessoa aumentará con los años, yo que te lo digo, y ahí quedará esta esquela tan escueta como documento— dijo Paulo mientras le entregaba el ejemplar del Diario a Gilberto.

Gilberto leyó la nota y no pudo sino preguntarle al poeta qué más tenía que haberse dicho en ella.

-Los heterónimos, por ejemplo. No murió un poeta, murieron por lo menos cuatro, quién sabe cuántos más.

Paulo tuvo que explicarle a Gilberto lo que era un heterónimo, tal como lo explicó el propio Pessoa en su

Tabla biográfica, pero fue un símil en la explicación lo que realmente se prendió en la memoria de Gilberto:

-No son simples seudónimos, son, más bien, si me perdonas lo pueril, como el New York Times de Rockefeller. Es el mismo periódico con temas distintos, con noticias distintas, con diferente personalidad. Si se llamara Rockefeller Times, por ejemplo, sería un periódico por completo diferente del New York Times.

-¿El New York Times de Rockefeller?

-El magnate se manda a hacer un ejemplar personal del New York Times solo con buenas noticias, que al parecer al señor no le gusta el mundo tal cual es.

Gilberto no le prestó mayor atención a lo que Paulo le siguió contando sobre Pessoa. La idea de un periódico personal escrito para un millonario le pareció tan interesante como cuando la escuchó en casa de boca de su hermana. En aquella oportunidad dejó que la historia se le olvidara; esta vez no fue así.

Esa misma tarde le propuso el tema al director del periódico. El señor Manso no vio nota posible ni se interesó demasiado por la idea de Gilberto. Con una decepción bien visible Gilberto fue al escritorio a revisar qué material tenía para las notas deportivas. Una pelea de boxeo, resultados del fútbol español y la protesta de un encuentro entre Sporting y Carcavelinhos que al parecer sería solventada en asamblea de árbitros. Con un par de llamadas tuvo la información, así como la de las reformas que se le harían al campo del Belenenses. Dependiendo del espacio que le dieran ya tendría casi la sección lista, pues tratándose de la edición del martes no esperaba mucho más que una columna, a lo máximo media página.

Esperando las instrucciones y escribiendo ya algo del conflicto en el partido del Sporting, el señor Manso se le acercó y le preguntó qué le había interesado de la historia de Rockefeller.

Gilberto no se esperaba ese súbito acercamiento del director del diario y más allá de que le pareció una historia que valía la pena no había elaborado mucho sobre el porqué de su interés.

-No sé, me pareció importante, es un millonario que puede tener su propio periódico, la verdad, pensé que había una noticia ahí.

No era lo que quería escuchar Manso. Siempre creyó en Gilberto, aunque el muchacho insistía en escribir sobre deportes y aquello para el director era un síntoma de flojera. "En deportes las historias vienen prefabricadas" le dijo una vez buscando la reacción de Gilberto. Pero nada lo sacudía, nada le interesaba y justo cuando Gilberto le vino con una historia distinta, con un tema que pudiera ser interesante, Manso estaba distraído, tenía muchos frentes abiertos como para ver la calva de mentor. Cuando terminó de resolver dos asuntos se dio cuenta de la oportunidad que había perdido. Todavía la historia le parecía una bobería, un rumor infundado, pero quiso darle una nueva oportunidad a Gilberto. A Manso le hubiera gustado escuchar a un Gilberto apasionado, interesado por contar la historia, por crear la noticia y presentársela al mundo, pero el muchacho de nuevo se mostró como usualmente se le mostraba, como un burócrata que estaba en ese lugar como hubiera podido estar en cualquier otra oficina de la ciudad.

-Hijo, no hay noticia sin padre —le dijo el señor Manso a Gilberto y antes de marcharse de nuevo a su oficina agregó: —Tenemos fotos de la pelea de boxeo, escribe algo más largo sobre ella.

La nota era sobre la cartelera de boxeo del día siguiente, con la presencia del campeón portugués del peso welter Horacio Velha, que pelea contra un boxeador francés llamado Oscar Degieux, y de un poderoso peleador brasileño de nombre Brasilino Fino, que también boxeará contra un francés, Albert Lepesant. Cuando terminó la nota, Gilberto tuvo que llenar un espacio en la columna que le dieron para la sección deportiva, pues la nota del boxeo iría en una página distinta, junto a una nota de música. No fue sino hasta que vio las dos páginas listas que volvió a pensar en lo que le dijo el señor Manso.

Caminando a casa en la madrugada, Gilberto quedó convencido de que el director le estaba haciendo una invitación para que insistiera en la historia de Rockefeller. Por primera vez en su carrera, se tomó el tiempo de reflexionar y hasta planificar lo que tendría que hacer para obtener y escribir una nota. Tendría que investigar más al respecto, buscar un contacto en el New York Times, o un ejemplar del periódico quizás y con ello hablar directamente con el millonario o alguien de su familia para que explicara por qué hacerse un periódico a la medida. "¿Por qué no?" sería la respuesta de Gilberto si él fuera Rockefeller. Cuando se tienen los millones para regalar que tiene el viejo, "por qué no" es la respuesta a cualquier capricho, es más, cualquier decisión o cualquier proyecto se vuelve completamente caprichoso cuando se tienen los millones de Rockefeller. Ahí está la historia, no en el periódico de Rockefeller, fue lo último que cruzó por la cabeza de Gilberto antes de acostarse a dormir.

Al día siguiente, Gilberto se levantó y salió un poco más temprano que de costumbre. Fue en dirección al Chiado para darle una visita a la librería Bertrand. La librería era un buen sitio donde empezar, porque aunque ahí no se pudiera encontrar el New York Times lo más probable era que le dieran una buena pista de cómo conseguir algunos ejemplares.

Pero en la librería le dijeron que lo mejor sería preguntar entre periodistas. La prensa extranjera que tenían era toda europea, Estados Unidos estaba muy lejos y un periódico llegaría muchos días después de publicado, por lo que tendría poco interés comercial.

Así, su posibilidad más cercana quizás sería el propio señor Manso. Por segundo día corrido, lo primero que hizo Gilberto al llegar a las oficinas del Diario de Lisboa fue tocar la puerta de la oficina del director.

El señor Manso esta vez sí estuvo listo para dedicarle a Gilberto toda la atención que necesitaba.

-Estuve pensando en lo que me dijo y en la historia de Rockefeller. Creo que sería interesante buscar uno de esos números, ver qué tipo de noticias tiene y preguntarle al señor Rockefeller por qué se manda a hacer un periódico así.

Manso examinó a Gilberto por un momento y vio genuino interés.

-¿Y por dónde quieres empezar?

-Me gustaría ver un ejemplar del New York Times. Nunca he visto uno, no sé de qué clase de periódico estamos hablando. Por eso también quería verlo, quería preguntarle si por casualidad usted tiene algún número.

Sí tenía. Cada cierto tiempo amigos y contactos que recién llegaban de Estados Unidos le llevaban ejemplares que él guardaba con una mezcla de interés profesional y coleccionismo. Ahí mismo tenía varios ejemplares de diversos periódicos del mundo. Buscó y le entregó a Gilberto el New York Times más reciente que poseía. Le entregó el ejemplar y Gilberto lo hojeó con rapidez.

-Difícil, ¿no? —dijo el señor Manso, pero Gilberto no entendió a lo que se refería y el director no continuó— Llévatelo. Eso sí, te pido que no lo saques de la oficina y que no te olvides de que hoy tienes boxeo.

Gilberto no tenía nada que hacer esa tarde, pues su único espacio asignado en la edición del día siguiente era el de la noche de peleas, por lo que tendría que escribir en la noche. El ejemplar del New York Times que le prestó el director era del domingo 10 de noviembre y aunque Gilberto no sabía inglés pudo reconocer los resultados deportivos en primera página. Luego, le impresionó la magnitud de la sección deportiva del periódico. Se imaginó entonces su propia versión del New York Times, con una página completa dedicada al Benfica, otra al Sporting, toda una sección llena de fotos y resultados del fútbol portugués, otra dedicada a los próximos Juegos Olímpicos de Berlín, sí, un periódico americano podía hacerlo, un millonario como Rockefeller podía pedirlo, y aunque Gilberto no tenía ni idea de cómo hacer un negocio, de pronto lo único que deseó fue convertirse en todo un Rockefeller para tener su edición personalizada del New York Times.

Salió Gilberto rumbo a un café o a un parque a dejar que la tarde muriera hasta que fuera la hora de asistir a las peleas, que tendrían lugar a diez minutos del periódico, en el coliseo Dos Recreios.

Cuando ya casi era hora de ponerse de nuevo en marcha al coliseo, vio a su amigo Paulo caminar hacia él, pero siguió de largo a paso apurado.

-¡Poeta! ¿A dónde va con tanta prisa?

-Es noche de peleas.

-Yo también voy, tengo que cubrirla para el periódico.

-Al fin le veo una ventaja a dedicarse al periodismo de deportes, poder asistir al boxeo sin tener que excusarse.

-Pero en efecto, usted no se salva de excusas. Pensaba que no le gustaban los deportes.

-Los deportes no, pero el boxeo es distinto, son dos hombres luchando por mantenerse en pie, es la civilización contra la barbarie.

-¿Y cómo sabe cuál de los dos peleadores es el civilizado?

-No los peleadores, el ensogado, la campana, el réferi. La civilización está en los límites.

Por momentos pensó Gilberto que podría hablar de ello en su nota, pero prefirió no ponerse muy filosófico y tan solo comenzar notando la popularidad creciente del boxeo, un deporte sin duda en alza, con los peleadores convertidos en auténticos ídolos populares.

Brasilino derrotó al francés por abandono, mientras que el campeón Velha despachó al otro francés en el quinto asalto. En el otro combate de la noche, el español Salvador Prospero derrotó al portugués Joao Quintino. Fue una velada rápida, ningún combate pasó del séptimo round, por lo que le costó a Gilberto lograr que el poeta desistiera de invitarle unas copas.

-Tengo que escribir, esta nota tiene que salir mañana. Pero podemos vernos a la tarde, me toca el día libre por trabajar hasta tarde hoy. Tengo algo que pedirle.

Se despidieron y quedaron en verse cerca de la librería Bertrand, que le pareció un lugar apropiado a

Gilberto para lo que le quería pedir a su amigo.

-¿Usted sabe inglés?—le preguntó Gilberto al poeta apenas lo saludó.

-Un poco.

-Necesito un favor, quiero escribirle una carta al New York Times.

-Con gusto. Dime el asunto y yo pongo mi mejor inglés en ello.

Gilberto le contó que estaba investigando sobre el New York Times de Rockefeller, por ello le escribiría al periódico para ver si le enviaban algún ejemplar. A Paulo le gustó la idea y propuso escribirle también a la familia Rockefeller, que quizás ellos tendrían ejemplares. El propio Paulo se comprometió a conseguir una dirección postal de la familia, mientras Gilberto le entregaba la dirección del New York Times que anotó del número que el señor Manso le había prestado.

El asunto, entonces, se volvió aguardar la respuesta o del New York Times o de la familia Rockefeller, y por eso

ahora la única arma con que contaba Gilber\
su reportaje era la paciencia. Quién sabe \quad \quad ..os
tendrían que recorrer las cartas para llegar a sus destinos.
Salieron de la oficina de correos rumbo al puerto, tomaron
un barco que zarpó hacia el continente americano. ¿Habrá
ido el barco directo a Estados Unidos o se detuvo en alguna
isla? ¿Tomó la ruta de las Azores o de Madeira? Y al llegar
a Estados Unidos, ¿atracó en Boston, Baltimore o Nueva
York? ¿De ahí las cartas siguieron en barco o en tren? Algún
día el sistema será más directo, pensó Gilberto, pero hoy
solo existe una mínima posibilidad de que las cartas llegaran
en un solo barco de Lisboa a Nueva York. Y después, ¿cómo
será la oficina donde distribuyen el correo en la sede del
New York Times? ¿Cómo manejarán la correspondencia de
la familia Rockefeller? Si llegaban a buen destino, todavía
quedaba la pregunta más importante: ¿Responderían a su
petición? Lo más fácil, después de todo, era simplemente
ignorar la carta. Por eso, esperar no tiene sentido, mejor
olvidarse del tema y jugar a la sorpresa. Un día, un cartero
tocará a su puerta y le entregará el sobre con el ejemplar
del New York Times, casi como si él mismo fuera John
D. Rockefeller, magnate del petróleo, filántropo millonario
que se manda a hacer un periódico con las noticias que él
quiere, que a fin de cuentas al parecer el dinero sí puede
comprarlo todo, incluso la realidad.

Fue en abril del año siguiente. El remitente del paquete era la mismísima Fundación Rockefeller, sin ninguna otra identificación, como si la Fundación fuera en sí misma una persona. La emoción que sintió al ver el apellido Rockefeller y el suyo escrito en un mismo sobre no tuvo parangón con nada que hubiera sentido antes y quizás solo sería comparable con el ver su nombre identificando una nota de algún periódico, que en el Diario de Lisboa son pocos y muy específicos los tipos de trabajos que van firmados. Pero la emoción fue el preámbulo necesario para la decepción total cuando en vez de un ejemplar del New York Times personal de John D. Rockefeller, Gilberto descubrió que le habían enviado apenas una serie de recortes de prensa.

No tuvo oportunidad de buscar a Paulo para que le leyera los artículos recibidos ni ese día ni los siguientes, llegaba el fin de semana y con ello un importante partido entre el Benfica y el Porto. No sería sino hasta el domingo que Gilberto tendría tiempo libre. La jornada del sábado fue intensa. El Benfica derrotó 5-1 al Porto en el estadio de las Amoreiras, para continuar al frente del campeonato, un punto por encima del Sporting que también ganó, 3-0 al Académica en el estadio Campo Grande. Días así, con dos juegos en la ciudad, lo complican todo. Si las horas lo permiten, Gilberto va a ambos partidos. Si no, se las arregla para ver uno y conseguir los datos del otro. Aquel sábado, no solo vio los dos partidos y escribió las crónicas de ambos, sino que también recibió vía telefónica en la redacción del diario las reseñas de los partidos entre Belenenses y Vitoria y entre Boavista y Carcavelinhos. La doble página de los domingos llenaba de orgullo a Gilberto, pero también le brindaba la oportunidad de dormir el domingo hasta que apenas tenía el tiempo suficiente para arreglarse e ir con la familia a la iglesia. Ese domingo, después del almuerzo, Gilberto pudo por fin volver a pensar en el paquete recibido y salió en busca de Paulo.

El poeta era persona de hábitos bastante precisos, por lo que a Gilberto le fue fácil encontrarlo en la plaza Luis de Camoes discutiendo con varios amigos que Gilberto no conocía.

-Camarada Gilberto, venga, hablamos sobre la ejecución de Hauptmann, ¿cree que sí era culpable?

Gilberto dedujo que aquellos contertulios no eran tan buenos amigos de Paulo por la diferencia en el trato que sintió del poeta. Por eso se limitó a responder que la ley sabe lo que hace. Se sentó con el grupo y pronto la reunión se diluyó, confirmándole que aquella no era una discusión para matar las horas del domingo. Pero a Gilberto no le interesaba meterse en honduras de ningún tipo, eran tiempos muy complicados para andar haciendo preguntas de más.

Cuando el último de los contertulios se despidió, Paulo insistió en el tema del supuesto asesino del hijo de Lindbergh. "¿De verdad crees que la ley sabía lo que hacía?". No, Gilberto no tenía idea de lo que hacía la ley al otro lado del océano, ni siquiera conocía los pormenores del caso más allá de que el niño se había perdido. Paulo se dio entonces por vencido con el tema y a los pies de la estatua del gran Camoes vio los artículos de prensa que la Fundación Rockefeller le había enviado a Gilberto.

-Me temo que mi inglés no es tan bueno como yo creía— reconoció divertido el poeta. Los artículos en efecto tenían algo en común con la edición personal de John D. Rockefeller: eran artículos del New York Times sobre el viejo filántropo.

Bajo la atenta mirada de Luis de Camoes, Paulo le relató a Gilberto que Rockefeller salió de paseo en auto y hasta posó para fotos en un recorrido de unas 45 millas, como cuánto será eso, que su secretario privado se casó con una señorita de nombre Laura Lee Sage Locker, de Hartford, Connecticut, que su única hija viva estuvo en Ormond Beach en una visita de diez días, así como los esposos Milton, y que los paseos en auto se han convertido en una rutina que al parecer el viejo disfruta mucho.

Casi exactamente eso le contó Gilberto al señor Manso, que se sorprendió tanto por descubrir que la historia del periódico de Rockefeller seguía viva como por la decepción que había en la voz del muchacho.

-En efecto, aquí no hay ningún indicio de que el periódico exista, pero ¿por qué habría de haberlo?— preguntó Manso y Gilberto no supo qué responder.

Tenía alrededor de cuatro meses construyendo teorías de por qué Rockefeller se mandaba a hacer un periódico con noticias a su gusto y tenía dos favoritas. La primera, que el filántropo estaba tan obsesionado con hacer el bien, con regalar dinero para que el mundo fuera mejor, que no quería enterarse de lo poco exitoso de sus esfuerzos, en un mundo de problemas económicos y conflictos por todas partes. La segunda, que el hombre de negocios tan fiero que fue en el pasado cosechó demasiados enemigos y de anciano no quería correr el riesgo de encontrarse ataques a su persona ni siquiera en las páginas de los diarios. Pero ninguna de esas dos teorías encajaba con la imagen de viejo bonachón, que pasea en carro por la playa y recibe visitas de sus familiares y amigos, que le devolvieron los artículos de prensa.

El director del diario no quería que su joven redactor sintiera aquello como un fracaso. "Quizás la historia va por otro lado", le dijo Manso, "quizás lo interesante sea averiguar por qué tan lejos de Estados Unidos hay gente que piensa que el magnate multimillonario se manda a hacer ediciones especiales de periódicos". Desde que Manso oyó la anécdota de los propios labios de Gilberto, aquello le pareció un disparate inventado por gente que no tenía ni la más mínima idea de cómo se llevaba adelante una publicación diaria, mucho menos una tan grande como The New York Times. Sin embargo, quería que fuera el propio Gilberto el que llegara a esa conclusión y que en el camino quizás encontrara una historia que sí valiera la pena contar, tal vez los últimos días del viejo Rockefeller, que el anciano ya anda por los 96 años, en cualquier momento morirá y habrá que contrastar al hombre que construyó un imperio petrolero con este viejito amable que pasea en auto por las playas de Daytona.

Pero Gilberto no estaba listo para construir la historia que le había llegado por correo. Y a estas alturas Manso estaba casi seguro de que Gilberto nunca lo estaría. La historia que estaba esperando seguía muy poderosa en su cabeza.

Sin indicios, sin pistas, no era mucho lo que podía hacer para convencer al señor Manso de escribirla. Y tampoco sabría muy bien qué escribir si pudiera. Porque en el fondo estaba completamente de acuerdo con el director del diario, no había nota, no todavía. La pregunta era si en algún momento la habría, y si valdría la pena esperarla.

La espera, sin embargo, fue corta y terminó de manera súbita. El domingo siguiente, Paulo fue a casa de Gilberto periódico en mano, pero no se trataba de un ejemplar del Diario de Lisboa sino del Diario de Noticias, matutino y no vespertino como el periódico para el que trabajaba Gilberto, y uno de los de mayor circulación en Portugal. Ahí estaba la nota contando cómo John D. Rockefeller recibía un ejemplar falsificado de The New York Times con "puras noticias agradables y artículos optimistas".

La primera reacción de Gilberto fue la de quien se siente traicionado. Sospechó de inmediato del señor Manso y del propio Paulo, las únicas dos personas que sabían de las intenciones de Gilberto de escribir sobre el periódico de Rockefeller. Seguramente comentaron el asunto en algún lugar y dado el perfil de ambos aquello llegó fácilmente a los oídos de un periodista del Diario de Noticias. Pero entre la cara de sorpresa de Paulo y la relectura de la nota, el sentimiento de traición dio paso a una mezcla de impotencia y frustración que le quitó cualquier ímpetu a la rabia que todavía estaba anidada en su ánimo.

-Se equivocaron en la edad del viejo— fue lo único que pudo decir Gilberto, completamente desencajado por la primicia perdida, incapaz de señalar nada excepto el detalle que el artículo habla de las 97 primaveras de Rockefeller cuando faltan unos meses para que el multimillonario realmente cumpla años.

Al día siguiente, de nuevo en la oficina del señor Manso, Gilberto y su jefe llegaron a la conclusión de que no era mucha la información a la que el Diario de Noticias había accedido para escribir su nota.

-Podemos esperar si te llega algo más de los Estados Unidos— le dijo Manso, con la esperanza de que Gilberto no desistiera de seguir buscando la historia, pero sin tener muchas expectativas de que el muchacho seguiría tras el elusivo tema.

-¿Y si voy al Diario de Noticias?

La pregunta desencajó un poco al director del Diario de Lisboa, siempre celoso de tener su propia agenda periodística e incapaz de montarse en un tema solo porque otro periódico lo había sorprendido con una primicia.

-No creas nunca en notas archivadas. Si publicaron eso es porque solo tenían eso para publicar. Y si se guardaron algo para publicarlo después o porque no podían publicarlo no te lo van a decir a ti.

Gilberto asintió con la cabeza. La decepción en su cara le dijo a Manso que en efecto el tema había pasado a mejor vida. Pero Gilberto había decidido ir al Diario de Noticias aunque se lo ocultara a su jefe.

En la sede del periódico preguntó por un colega al que conocía del estadio, pero al comentarle la razón de su visita el otro no lo trató bien. Lo dejaron largo rato esperando y cuando por fin pudo conversar con un redactor de la sección de internacionales, este siempre habló en plural, se escudó en la protección de fuentes y apenas le dijo que la noticia les llegó desde Suramérica.

Todos tenemos un primo en Suramérica, pensó Gilberto mientras sopesaba la posibilidad no de repetir su pesquisa epistolar con periódicos del sur del continente sino de contactar a conocidos para que le hicieran la diligencia, después de todo tenían que empezar investigando si algún periódico había publicado la noticia. Al imaginar la magnitud del proyecto, aquello le pareció demasiado. Ahora sí, el periódico de Rockefeller pasó a ser noticia vieja y archivada.

Como cualquier página no escrita, el tema se fue perdiendo con la ayuda de la realidad y su continuo bombardeo de nuevas historias. Se acercaban los Juegos Olímpicos de Berlín y Gilberto tenía todo listo para darle la mejor cobertura.

Si el periódico de Rockefeller hubiera continuado vivo, quizás el señor Manso habría visto en la cara de Gilberto la misma expresión del día que le dijo que se olvidara de ir al Diario de Noticias. Cuando Manso le pidió que estuviera en una reunión que tendría al respecto, Gilberto jamás se imaginó que se trataba simplemente de informarle que habían llegado a un acuerdo con el exfutbolista y ahora periodista deportivo Antonio Ribeiro dos Reis, que estará en Berlín por su propia cuenta, pero enviará una vez por semana sus crónicas al diario. Era lo único especial que el Diario de Lisboa tendría de cara a los Juegos. Gilberto nunca tuvo expectativas de ser enviado a Berlín, bien sabía que el lugar de los deportes en el Diario de Lisboa no era muy destacado, pero que no hubiera un plan especial salvo una o dos crónicas semanales, le pareció todo un desatino y así intentó hacérselo ver al director una vez Ribeiro dos Reis abandonó el lugar.

-No va a haber espacio para más, lo siento—fue todo lo que Manso le dijo.

La frustración de Gilberto aumentó durante el evento. Las páginas del Diario de Lisboa estaban llenas de la guerra civil en España y las tensiones en el resto de Europa, y eso se entendía, pero se pudo hacer más y, sobre todo, mejor. A Gilberto le molestó particularmente la cobertura a la esgrima, en la que Portugal tenía grandes esperanzas. Él estuvo atento a los cuartos de final y cuando Portugal logró el pase a semifinales escribió la nota. Pero ese mismo día, un poco más tarde, se supo de la eliminación de Portugal tras caer ante Suecia e

Italia en semifinales, y Gilberto volvió a escribir. Para su sorpresa, ambas notas salieron publicadas, una en la tercera página, la otra en la cuarta. Tanto negarle espacio y de pronto se repetían noticias en páginas distintas. También las crónicas de Ribeiro dos Reis produjeron la rabia de Gilberto, no por las crónicas, que eran fantásticas, sino porque en efecto las mandaba una vez por semana en un evento que duraba quinces días y tenía competencias diarias. La crónica de la inauguración se publicó cuatro días después. La de atletismo cuando ya se habían terminado las competencias y la última crónica que entregó Ribeiro se publicó dos días después de que Gilberto había entrevistado a atletas portugueses tras su regreso a casa.

Gilberto supo que si quería hacer carrera como periodista deportivo, tenía que irse del Diario de Lisboa. Pero la vida le tenía mejores planes. Con el poeta Paulo solía reunirse por lo menos una vez a la semana y en uno de esos encuentros conoció a la hermana menor del poeta, Constança. La atracción fue instantánea y esa misma tarde Gilberto le pidió permiso a Paulo para cortejar a su hermana.

-Si no pensara que eres un buen partido jamás habría

dejado que Constança coincidiera contigo. Pero de todos modos tienes que hablar con sus papás.

Así lo dijo, "sus papás", y aquello sorprendió a Gilberto, como si Constança y Paulo fueran hermanos de distintos padres. O tal vez solo se trataba de una licencia del poeta. Lo importante, en todo caso, es que Gilberto comenzó a visitar a Constança dos veces por semana. Cada miércoles, Gilberto iba a casa de la familia Salcido a almorzar. Los domingos, Gilberto apuraba su almuerzo familiar para ir de nuevo a casa de los Salcido y de ahí hacer un paseo con Constança, por supuesto acompañados de alguien más, que las intenciones de Gilberto eran honorables y había que tener pruebas de ello.

Debido al paseo dominguero, el encuentro semanal con el poeta, que se había convertido en una cita ineludible desde la lectura-traducción que Paulo hizo de los artículos recibidos, se movió a los lunes.

En uno de esos lunes, Paulo tradujo los artículos que llegaron en el segundo paquete enviado por la Fundación Rockefeller. En Gilberto se encendió la vieja expectativa, pero pronto se apagó. Viaje de Rockefeller a su residencia de Nueva Jersey, viaje de vuelta a Florida, la visita de un amigo o de un familiar, paseos en auto, alguna contada aparición pública, su cumpleaños 97, la muerte de un cercano, nada que valiera ser publicado meses después al otro lado del océano.

Así llegó el año 1937 y cuando volvió a recibir un sobre, Gilberto ni siquiera necesitó traducción, eran casi las mismas noticias, después de todo qué podía hacer distinto un anciano, por más millones que tuviera a disposición.

¿Qué habría dicho el director del diario si hubiera visto la pequeña hemeroteca que había construido Gilberto a ritmo de correo trasatlántico? Gilberto prácticamente dejó de hablar con el señor Manso tras los Juegos Olímpicos. Manso nunca sospechó que aquel silencio era personal, tan sumergido como estaba en la cobertura del diario a los acontecimientos en España. Quizás si Gilberto se hubiera presentado un día en la oficina del director con el pequeño fajo de recortes de periódico, las cosas habrían cambiado de curso, pero eso nunca pasó, no pasó porque Gilberto no sabía muy bien por qué seguía guardando los recortes de prensa, seguro, eso sí, de que nunca haría nada con ellos.

El último sobre ni siquiera lo abrió. Ya Rockefeller había dejado de ser noticia para Gilberto y si hubiera revisado el contenido de la correspondencia quizás habría llegado a la conclusión de que Rockefeller tampoco lo era incluso para The New York Times. Apenas tres noticias había en ese sobre: La visita de John D. hijo a su padre el 16 de marzo en la residencia de Ormond Beach, un paseo en auto por la playa del día 28 del mismo mes que tuvo que ser interrumpido por una marea alta inesperada, aunque el viejo Rockefeller dio la orden de volver por la misma playa en vez de por la carretera, y una noticia del 18 de abril sobre las órdenes giradas a la residencia Pocantico Hills, la casa de verano de Rockefeller en White Plains, New York, para que comenzaran los preparativos para recibir al multimillonario el primero de junio.

Pero ya no había historia, no para Gilberto, que hacía meses había quedado tan convencido como el propio señor Manso de que nunca sabrían si la edición especial de The New York Times existía realmente. Siendo honestos, el señor Manso desde el principio estuvo seguro de que no existía tal edición, pero Gilberto siempre mantuvo la esperanza, mientras no recibiera la confirmación definitiva el periódico podía existir. ¿Y quién podía darle esa confirmación? No cualquiera, que la existencia de algo tan personal como un periódico hecho a la medida no puede ser desmentida sino por alguien con mucho conocimiento de causa. El viejo Rockefeller, sin duda, era la persona más adecuada para corroborar o desmentir la existencia del periódico, pero entre paseos en carro por la playa y visitas de familiares nunca se enteró de que un redactor de prensa en Lisboa había escrito a la Fundación con una pregunta un tanto extraña. Sí, aquello resultaba a todas luces extraño, sobre todo en medio de un mundo que reclamaba mayor atención por los cuatro costados.

Las noticias que llegaban desde España, desde Alemania, desde Inglaterra, desde Etiopía, no eran como para dedicarse a encontrar un detalle tonto en la vida de un viejo, por más que el anciano haya sido el primer multimillonario que conoció la historia. Así se había convencido Gilberto de que lo mejor fue lo que pasó, y si el conjunto de recortes continuaba mal archivado en su habitación era solo como posible recordatorio de que la historia del periódico personal de Rockefeller nunca valió la pena y que lo lógico era dejarla en el olvido. Había mejores cosas que hacer. Noticias deportivas siempre habrá y aunque el señor Manso no les dé la importancia que Gilberto cree que merecen, seguirán publicándolas y Gilberto estará ahí para escribirlas.

Todo parecía perfecto en la vida de Gilberto, pero llegó ese lunes. Camino al comedor del Hotel Bragança, el niño de siempre le entregó su ejemplar del Diario de Lisboa y en la primera hojeada Gilberto vio la foto y la leyenda.

Ya sentado en la mesa y luego de haber enviado el telegrama con su renuncia, volvió a leer la leyenda de la foto y de nuevo se lo tomó como un insulto personal. Media página, Gilberto habría podido escribir al menos media página, no como un homenaje al viejo fallecido sino al trabajo que quiso y no pudo escribir en el año y medio que había pasado desde que le propuso al señor Manso, sin querer y sin convicción, cierto, la historia de la edición falsificada de The New York Times que John D. Rockefeller recibía. El querer y la convicción llegaron después, aunque también el no poder, y eso era lo que ofendió tanto a Gilberto.

No, no hay vuelta atrás. Mientras más lo piensa y más repasa todo este año, más le ofende que no se hubieran tomado el tiempo de buscarlo y preguntarle si quería escribir algo sobre la muerte del magnate. Un desprecio.

Apenas Paulo entró en el comedor, Gilberto pudo ver que traía el Diario de Lisboa con él, tal como aquella vez en que el poeta le recriminó la escueta nota sobre el fallecimiento de Fernando Pessoa. Paulo lo vio, Gilberto le mostró su propio ejemplar del Diario mientras con la otra mano y un leve movimiento de cabeza le daba a entender al poeta que en efecto todo se había terminado. No encontró censura en la reacción de Paulo mientras este se acercaba a la mesa, aunque por un momento pensó que como hermano de su prometida algo tendría que decirle sobre la intempestiva decisión y el, a partir de ese momento, futuro incierto de Gilberto. Ya habrá tiempo de pensar en Constança. Por los momentos, le bastaba con que Paulo le acompañara. Nadie mejor que un poeta sin obra conocida para compartir su sensación de incomprensión.

CARACAS - CHICAGO

Pocos lugares de la casa me producen tanta ansiedad como la biblioteca. Es el lugar donde se acumulan las tareas incumplidas, encuadernadas en todos los libros apilados todavía sin leer. Pero sobre todo, la biblioteca es el lugar donde se aloja el olvido. Tantas páginas leídas y que no recuerdo, tantas novelas, cuentos, poemas que en su momento parecieron cambiar mi vida o llenarla de profunda alegría, de asombro, misterio y hasta de sabiduría, y que ahora no soy capaz de recordar salvo, en el mejor de los casos, en resúmenes esquemáticos, como si todas esas historias estuvieran destinadas a convertirse en las fichas de un lector y nada más. Al final, lo que leo, lo que soy, lo que he leído y lo que seré, no son sino una seguidilla de frases y momentos que sí lograron prenderse de mi memoria y pasar a formar parte de mi yo. Para definirme, para descifrarme, para develarme bastan unas cuantas frases. No muchas.

De los libros que me han acompañado, pocos lo han hecho por tanto tiempo como *El año de la muerte de Ricardo Reis*, donde José Saramago hace convivir entre los vivos a Ricardo Reis, heterónimo de Fernando Pessoa, y en un juego de espejos único el fantasma de Pessoa se le presenta a Reis, convirtiendo en irreal a la persona verdadera y en real a la creada. Verbo que se hace carne, el poeta hermano de Dios, la palabra que construye una realidad y cambia, sustituye o anula a la realidad real. No existe tal cosa como la realidad real, porque toda realidad depende de las palabras que utilicemos para construirla y toda palabra es símbolo, es materia que fluye y no se puede asir y a veces ni siquiera asimilar, no del todo.

Pero al igual que tantos otros libros, *El año de la muerte de Ricardo Reis* se me fue transformando en una serie de imágenes aisladas que puestas una al lado de la otra no parecieran guardar relación alguna con la obra de la cual provienen. Y de entre todas, una imagen que tiene poco que ver con la novela en sí, una anécdota ajena a ella aunque sea parte de la misma.

Cuenta el narrador que Reis se encontró en el periódico una noticia que le sorprendió. Ávido consumidor de la prensa, que haya sido precisamente esa la noticia que más pensamientos y reflexiones produjo en Reis no deja de ser revelador. La noticia era sobre John D. Rockefeller, anciano y multimillonario que recibía una edición especial del New York Times con puras buenas noticias. Escribe Saramago que a Reis le disgusta no poder elegir las noticias que le dan, no como "aquel anciano americano que todas las mañanas recibe un ejemplar del New York Times, su periódico favorito, que tiene en tan alta estima y consideración a su vetusto lector, con la bonita edad de noventa y siete primaveras, su precaria salud, su derecho a un tranquilo ocaso, que todas las mañanas le prepara esta edición de ejemplar único, falsificado de cabo a rabo, solo con noticias agradables y artículos optimistas, para que el pobre viejo no tenga que sufrir con los terrores del mundo y sus promesas de empeorar...". Saramago sentencia que el viejo Rockefeller es (fue) "...el único habitante de este mundo que dispone de una felicidad rigurosamente personal e intransferible, los demás tienen que contentarse con las sobras". Pero en Reis lo que hay es admiración, deslumbramiento y al posar su diario portugués en el regazo, se imagina a John D. leyendo su diario de noticias buenas, o falsas, que quizás en 1936 una cosa llevaba a la otra pero son completamente distintas. O quizás no.

Saramago nos vuelve a todos, al menos me volvió a mí, un poco Ricardo Reis, porque es difícil no quedar atrapado por la anécdota.

José Acosta es un escritor dominicano que el 14 de mayo de 2009 —qué exactitud nos da la web—, publicó en su blog el cuento *El periódico de Rockefeller*. La historia está directamente inspirada en la anécdota de la novela de Saramago y la misma le sirve de epígrafe a este relato donde Rockefeller descubre las mentiras de su New York Times debido a detalles de la vida cotidiana, como un equivocado pronóstico del tiempo y un asalto a una joyería que el anciano multimillonario presencia desde su apartamento de la ciudad de Richford gracias a unos binoculares.

En el cuento de Acosta, Rockefeller recibe una nota anónima que intenta alertarle sobre las mentiras del New York Times, con lo que la existencia de la falsa edición sería vox populi, salvo, por supuesto, para el desvalido filántropo, tal como lo hace notar Saramago en *El año de la muerte de Ricardo Reis:* "...no tiene la más leve sospecha de que sea mentira lo que dicen, y que le mienten anda ya en boca de todos, lo telegrafían las agencias de continente a continente, acabará la noticia por llegar al New York Times...". El New York Times reporta la existencia de un falso New York Times, otro juego de espejos en la novela, tal como el fantasma Pessoa conversando con el real Reis. Pero Saramago no se interesa por el efecto del New York Times especial sobre el verdadero New York Times, a él le atrae más el efecto del desvalido multimillonario sobre los demás mortales: "...hombre tan rico, tan poderoso, y dejarse burlar así, y dos veces burlado, que no basta que supiéramos nosotros que es falso lo que él cree saber, sino que sabemos que él nunca sabrá lo que nosotros sabemos".

El año en que Reis lee la noticia sobre Rockefeller es 1936, Rockefeller morirá al año siguiente y en 1941 se estrenará una película sobre un superpoderoso solitario y arrepentido en su lecho de muerte, *Citizen Kane*, y si bien el filme de Orson Welles no está inspirado en Rockefeller sino en magnates del sector editorial de la época, la idea de un multimillonario que recuerda detalles nimios de su niñez o incapaz de atestiguar los horrores del mundo, horrores que quizás ayudó a construir, presumiblemente era un tema popular de la época.

En su novela de 2013, *Las Reputaciones*, el escritor colombiano Juan Gabriel Vásquez se hace eco de la anécdota, a manera de noticia no confirmada, de recuerdo no contrastado en Google: "¿No era Rockefeller quien se hacía mandar su propia versión del New York Times, una versión adulterada de la cual se habían eliminado todas las malas noticias?". Una cosa es completamente diferente en cómo Vásquez refiere el hecho. Sería el propio Rockefeller quien decidió recibir un periódico solo de buenas noticias. De hecho, Vásquez elabora sobre esto y el personaje principal de la novela, Javier Mallarino, cree que la rabia, la indignación y el odio que le produce leer las noticias indeseadas es la energía que lo mantiene vivo y a la que no podría renunciar. No es poca cosa que Mallarino sea afamado caricaturista, estableciéndose entre su oficio y el periódico de Rockefeller una especie de vínculo. Él transforma en objeto de burla y risa las noticias que, tal vez, muy probablemente, no habrían salido en la edición del New York Times enviada a Rockefeller. Reis se disgusta por no poder escoger las noticias que recibirá, por eso envidia en cierta forma a Rockefeller. Mallarino se disgusta con las noticias que recibe en el diario y no entiende cómo Rockefeller prefirió evitar esos disgustos.

Pero en Vásquez, en Acosta y en Saramago el acento está puesto en el lector del periódico de buenas noticias. ¿Qué efecto tuvo en Rockefeller, en su visión del mundo, en sus últimos años, el leer a conciencia o bajo engaño, solo las buenas noticias que traía su edición del New York Times? ¿Qué efecto tendría sobre nosotros? Y en especial, ¿cómo queda el desvalido Rockefeller que desconoce la verdad del mundo, frente a nosotros, testigos fiables de la actualidad?

Como en *Citizen Kane*, en el periódico de buenas noticias hay conmiseración por el millonario, nos despierta lástima que a pesar de su poderío no sea capaz de soportar las noticias del mundo tal cual es. Rockefeller morirá habiendo amasado una de las fortunas más grandes de la historia, pero no podía ver la primera página del periódico sin que se la intervinieran primero, pobre.

A mí, la anécdota siempre me interesó desde el otro punto de vista, el de los editores de esta falsa edición.

La noticia de la falsa edición del New York Times

no parece haber llegado al New York Times, contrario a lo que pensó Saramago. En el archivo del periódico no se encuentra nada respecto a *false* o a *fake editions* del periódico, tampoco hay referencias del hecho entre los casos tristemente célebres de malas prácticas del periódico, que creo podríamos incluir un periódico de noticias falsas entre los ejemplos de mala praxis periodística, con todo y que hubiera sido encargado así por los propios lectores, o incluso debido a esto.

Desde el lado de los Rockefeller tampoco hay mayores noticias al respecto. En 2008 mantuve un breve intercambio de correos electrónicos con Ken Rose, debido a una consulta que hice al Rockefeller Archive Center. En la consulta preguntaba sobre la veracidad de la anécdota y de ser cierta, sobre la existencia de algunos ejemplares de ese periódico de buenas noticias.

Rose, en su posición de Assistant Director del Centro de Archivos me respondió que la idea de que John D. Rockefeller recibía una edición especial del New York Times era lo más seguro producto de la imaginación de José Saramago, y que en los más de veinte años que Rose tenía trabajando en el archivo de la familia Rockefeller nunca se había cruzado ni con la historia ni con alguno de esos ejemplares especiales. Rose se despidió preguntándome por curiosidad personal de qué novela de Saramago se trataba y yo le respondí ofreciéndole más información si conseguía nuevos detalles al respecto.

Mi siguiente diligencia fue escribir a la Fundação José Saramago sobre la fuente de la que el escritor habría obtenido la anécdota. En términos más institucionales que personales, a diferencia del correo de Rose, Rita Pais me contestó que Saramago obtuvo sus referencias de los periódicos portugueses de la época y que por lo tanto la historia del periódico de Rockefeller no se trataba del producto de la imaginación del escritor sino de una noticia de la época.

Así, el proyecto pasaba no solo por encontrar alguna edición del New York Times especialmente escrito y enviado a John D. Rockefeller o aunque sea alguna referencia más oficial al respecto, sino también por encontrar la noticia que leyó Saramago y que habría leído Ricardo Reis.

En la novela, Saramago suele referirse a la prensa en plural o en genérico. Reis lee los periódicos, el periódico, la prensa matutina o vespertina, pocas veces se hace referencia al diario en específico donde Reis se entera de alguna noticia. Se mencionan algunos periódicos, como el diario satírico Os Ridículos, el Diario de Noticias y el O Século, pero los hechos que Reis se va encontrando son mencionados en listas sin atribución, después de todo se trata de una narración sobre alguien leyendo la prensa del día, con la dificultad añadida de la característica forma de puntuar de Saramago, que va subordinando oración tras oración al punto de que en algunas instancias se pierde cierta idea de los hechos a los que se está refiriendo.

Ricardo Reis aprovechó la mañana soleada para ir y sentarse a leer su periódico en el Alto de Santa Catarina, a los pies del gigante Adamastor, monumento que celebra a Luís de Camões. Ese día en que Reis se enterará de la existencia de un periódico especialmente editado para John D. Rockefeller, el médico brasileño también leerá sobre la guerra ítalo-etíope, sobre la huelga general de Madrid, sobre el cambio en la hora oficial, de una nueva aparición del monstruo del lago Ness, de la salida de un periódico titulado O Crime y de la muerte de Ottorino Respighi, entre otras. Este último dato hace sencilla la pesquisa: se trata de la mañana del 19 de abril de 1936, tomando en cuenta que el compositor italiano murió el

18. El 19 de abril de 1936, Ricardo Reis, heterónimo de Fernando Pessoa, leyó que John D. Rockefeller recibía una versión adulterada del New York Times.

Hasta ahí llegué en ese momento, constreñido por la imposibilidad de revisar archivos personales de la familia Rockefeller o hemerotecas de la prensa portuguesa.

Las búsquedas no son viajes azarosos, aunque en medio del viaje se den virajes inesperados. Quién sabe desde cuándo la sabiduría popular ya sentenció que no hay búsqueda infructuosa con aquel refrán "el que busca encuentra", como si el resultado de toda pesquisa está determinado por su puesta en marcha y no por lo que se obtenga en el desarrollo de la misma. Detuve mi búsqueda por lo que pensé era falta de recursos, con el tiempo supe que lo que me faltaba era claridad de objetivos. No sabía qué era lo que quería contar. La anécdota de Rockefeller era una excusa, una excusa para algo más, descubrir su origen, recrear su desarrollo, especular sobre su resultado, todas las anteriores. El meollo estaba en el correo de Mr. Rose, él había puesto fin a mi motor inicial, yo quería ver esos ejemplares del New York Times, quería ver qué noticias traían, qué tipo de información le brindaban todas las mañanas al anciano.

Saramago imaginó noticias completamente ficticias, la mengua de la crisis económica, el fin del desempleo, la evolución de la Rusia bolchevique hacia un sistema más al estilo norteamericano, un mundo armonioso. Pero un periódico así exigía mucho más elaboración que el imaginado por Vásquez, un ejemplar simplemente mutilado, con lagunas sobre el avance del comunismo, los desmanes fascistas, las secuelas de la crisis del 29 que tanto mermó el patrimonio del mismo Rockefeller. Tampoco es el periódico imaginado por Acosta, uno de noticias más locales como el pronóstico del tiempo favorable a los deseos de Rockefeller o la ausencia en sus páginas de sucesos como el del robo a una joyería del vecindario. Bien visto, el New York Times de Acosta es un periódico como cualquier otro, que se equivoca en el pronóstico del tiempo y deja de reseñar noticias debido a su interés más bien restringido. El de Vásquez es un New York Times resumido, no muy diferente del informe mañanero que recibiría cualquier capitán de industria o gerente de institución con un interés específico, como si la versión personalizada del New York Times de John D. Rockefeller no fuera otra cosa que el resumen diario de reseñas en la prensa de los logros y actividades de la Fundación Rockefeller, que para el año de la muerte del filántropo había entregado a causas de la más diversa índole unos 530 millones de dólares de los del Patrón Oro. El New York Times de Saramago era un trabajo de ficción, de ciencia ficción, de anticipar el futuro y reconstruirlo con la palabra para que se terminara pareciendo a lo que el único lector de esa utópica publicación deseaba. ¿Cuál era, sin embargo, la apariencia de la edición verdadera del falso New York Times?

De haber llegado uno de esos ejemplares a mis manos, la búsqueda habría terminado. Después de todo, se trataría de un documento histórico, un ejemplar del que quizás sea el periódico más afamado del mundo caricaturizado por ellos mismos. Ante un ejemplar del New York Times de Rockefeller, a lo sumo habría podido pasar revista de las noticias y clasificarlas entre las completamente inventadas y las tan solo adulteradas. Comparar, quizás, la transformación del sistema soviético de la que habla el New York Times de Saramago, con la verdadera caída del bloque soviético. El propio New York Times imaginado por Saramago resultó de vaticinios interesantes, ya que *El año de la muerte de Ricardo Reis* es previa a 1989. Pero volviendo a mi idea inicial, el haber tenido esos ejemplares en mi poder habría sido el comienzo de un proyecto grande, mezcla entre investigación y novela, entre ficción, metaficción y realidad. Habría buscado en la mancha del periódico a los encargados de la edición, habría reconstruido sus vidas antes y sobre todo después del apócrifo New York Times, habría recreado el proceso creativo para producir cada número, cada noticia, cada mentira, y por último, habría buscado los efectos que sobre el viejo Rockefeller tenía la lectura de su falso ejemplar, la reacción verdadera del magnate, no la imaginada por Saramago, Acosta y Vásquez.

Por eso, el efecto desalentador que tuvo sobre mí la respuesta de Rose. Si los ejemplares del falso o adulterado New York Times no existían, tampoco mi interés en narrar lo que había podido haber en ellos ni lo que había podido haber pasado alrededor de ellos. Eso pensé, completamente equivocado.

Porque esa pregunta se mantuvo en mi cabeza junto a la otra, aunque la segunda ganaba más y más fuerza con el paso del tiempo: ¿cuál era el origen de la noticia leída por Ricardo Reis? Responder una no pasaba por responder la otra, investigar una era independiente de investigar la otra y ambas se me habían ido por un callejón aparentemente sin salida.

Sin embargo, como el agua que gota a gota va construyendo la sólida estalagmita, el tiempo detenido fue dándoles forma a los personajes que contarían la historia, la del escritor del New York Times especial y la del escritor que reseñaría esa noticia en un periódico portugués. De pronto, la pesquisa no era de hechos, de ediciones publicadas o no, sino de atmósferas, de la Nueva York y la Lisboa de los años 30. Esa era una historia completamente distinta a la que me había llevado hasta ese punto. Encontré una novela, aunque algo distinta de la que había salido a buscar. Para mi sorpresa, no pude comenzar a escribirla porque no había logrado resolver, o al menos dar por satisfactoriamente concluida mi búsqueda inicial.

Algunos años después de nuestro primer intercambio de correos electrónicos, intenté contactar de nuevo a Mr. Rose, solo para encontrarme con la noticia de su fallecimiento. Quería simplemente contarle el papel decisivo que él había jugado en el giro que tomó mi proyecto, y de paso preguntarle si aquella curiosidad que mostró sobre el libro en que Saramago escribió la anécdota lo había movido realmente a adquirir y leer *El año de la muerte de Ricardo Reis*. Yo abordaba la tenue esperanza de que Rose se hubiera interesado en lo mismo que a mí me estaba impulsando en aquel momento: el origen de la noticia. Si Rose estaba en lo cierto, la noticia publicada en el periódico portugués era un invento o un rumor de la época.

Siempre me han atraído las historias de ese tipo. El 9 de mayo de 2002, la difunta revista electrónica española en.red.ando publicó mi artículo *¿Dónde está Orson Welles?* en el que hacía un recuento de las diversas historias de falsa atribución que circulaban ya para ese entonces en internet y en la que citaba una frase de una película titulada *Midnight in the garden of good and evil*, que decía "la verdad es como el arte, está en el ojo del espectador".

Es más o menos la misma premisa de mi cuento *Operación Queremos tanto a Borges*, donde un escritor se dedica a intentar perpetuar la falsa atribución del poema *Instantes* a Jorge Luis Borges, porque sin duda *Instantes* es un gran poema si lo firma Borges pero un poema mediocre si tiene la firma de su verdadero autor.

El rumor siempre está rondándome. En un cuento titulado *La inesperada muerte de Mickey Mouse* el narrador hace referencia al famoso congelamiento de Walt Disney, mientras que en *Chavela* un personaje le pregunta a otro si al decir que el rumor está confirmado se refiere a que la información transmitida vía rumor es cierta o a que el rumor en efecto está circulando.

Materia evasiva la del rumor. Evasiva porque todo buen rumor está hecho de historias que quisiéramos fueran ciertas, bien por hermosas, bien por abyectas, la veracidad de lo que cuenta el rumor es, sobre todo, deseo de quien escucha y repite. Si el deseo es muy poderoso no hay desmentido que valga. El rumor se transmite como un acto de fe.

Por eso no podía renunciar así como así a descubrir la verdad sobre el New York Times de Rockefeller, la ficción que construí no bastaba, estaba incompleta sin la historia de la pesquisa.

Al retomar el proyecto habían pasado varias cosas. La más importante, la digitalización de archivos había alcanzado magnitudes impresionantes. La segunda, no menos decisiva, Venezuela se había convertido en país de emigrantes, y si bien mis primeros mensajes al Rockefeller Archive Center y a la Fundação José Saramago fueron enviados desde Caracas, el mensaje a mi amiga Maida Gomez se lo envié desde Chicago y ella lo recibió en Madeira.

En el mensaje vía Facebook le pregunté a Maida si ella tenía la posibilidad de buscar en la Biblioteca Nacional de Portugal periódicos del 19 de abril de 1936 y me respondió con enlaces web a ediciones digitalizadas de prensa portuguesa, que consiguió muy rápidamente porque su suegra trabajaba en el archivo regional de Madeira.

Así, tuve frente a mí el número del 19 de abril de 1936 del Diario de Lisboa. Pronto pude ver que ese día en ese periódico no se publicó nada respecto al interesante hecho de que el multimillonario estadounidense John D. Rockefeller recibiera una edición especial del New York Times con puras buenas noticias.

Pero tenía mucho material para revisar, y en la Hemeroteca Digital de la Hemeroteca Municipal de Lisboa conseguí el primer número de la revista O Crime, que Ricardo Reis supo se publicaba por primera vez ese mismo día domingo 19 de abril de 1936.

No tuvo mucha vida la revista O Crime. Apenas se publicaron seis números, o al menos esos son los que tiene en existencia la Hemeroteca Municipal de Lisboa. El problema, desde el punto que a mí me interesaba, es que la fecha de ese primer número es el 18 de abril de

1936. La novela es clara, Ricardo Reis estaba sentado leyendo el periódico en el Alto de Santa Catarina y leyó, entre otras informaciones, que ese día salía a la calle por primera vez la revista O Crime y que Ottorino Respighi había muerto. En efecto, la revista salió el mismo día de la muerte de Respighi, pero la muerte no pudo ser reseñada en la prensa de ese mismo día, a menos que se tratara de un periódico vespertino y aún así resultaba difícil que esa nota entrara en la edición.

Revisé el número del 18 de abril del Diario de Lisboa y encontré una nueva información que Reis leyó ese día, el cambio en la hora, pero también que la huelga general española había llegado a su fin. Al ver el ejemplar del 17 de abril se reseña el inicio de la huelga general y la salida al día siguiente del diario O Crime.

Tuve entonces la sensación de que Ricardo Reis leyó esa mañana la prensa de varios días. No tenía nada de extraño, de hecho en diversos momentos de la novela, Reis se pone al día leyendo varios periódicos a la vez. Pero no es el caso en esta escena en particular. Reis posa el periódico, un periódico, en el regazo para pensar sobre el New York Times de Rockefeller y la escena termina con el médico brasileño dejándole el periódico, no los periódicos, a los dos viejos que solían coincidir con él en el parque y que siempre esperaban a que Reis abandonara en el banco el periódico ya leído para ir corriendo a hacerse del ejemplar.

Por primera vez me enfrenté a la posibilidad de que José Saramago no haya puesto a Reis a leer un periódico en específico sino un resumen de la prensa del fin de semana a modo de una especie de almanaque mundial. Después de todo, Saramago estaba reflejando el espíritu de la época en lo leído por Reis. Eso también explicaría por qué las referencias en la mayoría de los casos son a los periódicos, a la prensa en general, y no al periódico en particular, que los lectores de periódico suelen tener sus favoritos y aunque lean varios siempre tienen uno por el que suelen empezar o dejar para el final, también saben cuál leerán y cuál no en caso de que tengan poco tiempo, e incluso saben muy bien a cuál le darán el mayor peso en caso de encontrarse versiones contradictorias de la misma información. ¿Cuál periódico leía primero Ricardo Reis? ¿Cuál de último? ¿Cuál favorecía en caso de no tener tiempo para leerlos todos? ¿A cuál le daba mayor autoridad?

Son interrogantes que no están en la novela y que

por ello quedan completamente sin respuesta, siendo Ricardo Reis un personaje de la imaginación de Pessoa y de Saramago.

Si Saramago había construido las lecturas periódicas de Reis sobre una recopilación de noticias y eventos importantes y no sobre ejemplares específicos, no necesariamente tendría éxito tras pasearme por todos y cada uno de los periódicos publicados en Portugal el fin de semana del 17 al 19 de abril de 1936. A estas alturas todavía tengo pendiente la tarea de leer toda la prensa portuguesa de ese fin de semana. No he podido acceder a los dos periódicos más importantes del país en aquel momento, el Diario de Noticias y el O Século. Tengo la dirección y el horario de funcionamiento del archivo de ambos periódicos, esperando por el viaje a Portugal que me permita revisarlos, ante la inexistencia de un acceso vía internet a los mismos. Quizás ahí, en uno de esos dos periódicos esté el cable que leyó Saramago y que puso a leer en su novela a Ricardo Reis. Quizás no y el misterio sobre la edición especial del New York Times escrita y editada única y especialmente para John D. Rockefeller se complique aún más. Quizás todo lo escrito por mí no tenga sentido tras no haber encontrado todavía el cable. Quizás leerlo no sea, a fin de cuentas, tan necesario.

Como si ya no bastara con guiarnos hacia la información, Google pretende tenerla toda y ser de algún modo su dueño. Hace apenas un par de años habría sido imposible dar con el dato que ahora tenía frente a mí, directamente desde Google Books.

Julio Eugui al parecer es más sacerdote que escritor. Ha publicado diversos libros sobre sabiduría cristiana y de amor a Dios y al prójimo, pero de él no pude encontrar ni la más pequeña nota biográfica, tampoco una nota de prensa sobre la presentación o bautizo de un nuevo libro, ni siquiera una foto de solapa. Pero los fragmentos de sus libros estaban en Google Books y llegan a uno si se escriben las palabras adecuadas en el buscador. En un libro publicado en 2004, *Mil anécdotas de virtudes*, Eugui se hace eco del periódico de buenas noticias de Rockefeller, pero la fuente de la misma no es *El año de la muerte de Ricardo Reis* sino un artículo de prensa de Juan Carlos Onetti que se titula, no podía ser de otro modo, *Buenas noticias*.

El artículo de Onetti data de 1985 y fue publicado en el diario español ABC, del cual Onetti era columnista. Ahí menciona el periódico de buenas noticias, que sería el producto de un contrato entre la familia Rockefeller y el New York Times, del cual el viejo John D. solía leer solo "la carátula destinada a noticias del exterior". Onetti dice que el New York Times que llegaba a manos de Rockefeller "era siempre una dulce canción navideña, una invariable historia de paz y dichas eternas", pero le da una motivación distinta al periódico, pues en él no hay "Nada que pudiera molestar, ninguna rebelión en los países esclavos que, por error de la Divinidad Bautista o Metodista, poseían el petróleo que, razonablemente, sólo debía subyacer en el suelo de Texas o en cualquier otro lugar de la gran democracia del Norte. Para ahorrar fletes, pagos a militares de piel oscura, contrabando y golpes de Estado".

En el periódico de Onetti, como en el de Saramago, es la familia Rockefeller la que intenta mantener al anciano ajeno a los disgustos que el mundo exterior pueda producirle. Pero en la versión de Saramago se le tiene miedo a la actualidad del momento, el avance del comunismo era un temor que muchos estadounidenses de la época podían compartir con el multimillonario John D., aunque la mayoría tuviera que conformarse con no leer el periódico en vez de recibir una edición personal. En cambio, el miedo en la versión Onetti tiene que ver con las prácticas empresariales de la Standard Oil, sobre todo en sus inicios, con lo cual el novelista uruguayo imagina a un anciano John D. como una especie de Ebenezer

Scrooge con imprenta a su disposición para ahuyentar en la mañana los fantasmas que se le aparecen en las noches.

De hecho, el artículo de Onetti habla de toda una conspiración para mostrarnos a Rockefeller como un ancianito inofensivo y un tipo con una historia buena. Sí, es difícil conciliar al filántropo de la segunda parte de su vida con el tiburón de la primera. Son varias las teorías que hablan de la culpa como el principal motor del espíritu caritativo de Rockefeller, aunque en su descargo también se le atribuye ese rasgo a otros grandes capitanes de la industria estadounidense, pioneros junto a John D. en crear importantes iniciativas de retribución social. Hay quienes niegan esto, pues Rockefeller mostró impulsos e intenciones caritativas desde antes de ser el exitoso e implacable empresario petrolero, e incluso sus comportamientos de filántropo y de depredador se manifestaron varias veces de manera que podríamos llamar simultánea. Lo que sí parece cierto es que una vez que dejó en manos de John D. Jr. la dirección de la Standard Oil, el viejo vivió una vida bastante caritativa, dedicado a sus causas filantrópicas, a su Iglesia y al golf, que jugó hasta más allá de los 90 años.

Rockefeller murió tranquilamente en su casa de Ormond Beach en la costa atlántica del norte de Florida.

Su muerte se dio de manera si se quiere sorpresiva —tan sorpresiva como puede ser la muerte de una persona de 97 años—, ya que ninguno de sus familiares más cercanos estaban en ese momento en Ormond Beach, y el viejo estaba preparando viaje a Nueva Jersey para celebrar su cumpleaños 98.

Al revisar las ediciones del New York Times de 1936 y 1937, que bien pudieron ser fuente de la noticia sobre "otro" New York Times, se ven reseñas a un John D. Rockefeller con problemas de salud propios de su edad y con una vida algo retraída de la vista pública, pero también activo, dando paseos en auto y viajando entre sus residencias de Richmond y Ormond Beach. No he encontrado nada que sirva para imaginarme con convicción a un Rockefeller intentando que el mundo exterior no entrara a perturbarlo, ni que los esfuerzos de sus familiares por no causarle disgustos o molestias al viejo hayan sido muy diferentes a los cuidados que cualquier familia tendría con el abuelito o la abuelita anciana.

Pero el artículo de Onetti tiene otras cosas interesantes. La primera es meramente de estilo; al leerlo se siente cortado, como si hubiera sido víctima de una mala edición. La referencia al periódico de buenas noticias rompe el hilo narrativo, está como puesta ahí a juro y no se entiende bien su propósito. Si leo el artículo saltándome los dos párrafos donde se menciona el New York Times especial, el artículo es más claro, incluso aunque Onetti termina proponiendo que lo ayudemos a crear un periódico de buenas noticias para él. En cierta medida, Onetti se pone del lado de John D. Leyendo las noticias que le llegan en ese 1985, ¿quién no quisiera recibir solo buenas noticias como el viejo Rockefeller?

Sin embargo, el artículo tiene dos temas en uno, el del periódico de buenas noticias y el supuesto intento de construir una biografía buena de John D. Rockefeller, la conspiración que comentaba párrafos atrás. El artífice de una biografía no autorizada habría sido un relacionista público de la Standard Oil, un tal John Doe, que logró la comodidad económica al escribir una primera biografía donde se omitía el pasado de empresario inescrupuloso y explotador de Rockefeller, pero que después, fruto del remordimiento y el fin de la bonanza económica, escribió una segunda biografía donde contaba toda la verdad. Esta biografía habría sido recogida de las librerías por "hombres anónimos y generosos", quedando Rockefeller para la historia como "el hacedor de cosas buenas, el fundador y bautizador de su tan elogiada Fundación. Otro filántropo de la prolífica USA". Es difícil, al menos para mí, entender el punto de vista de Onetti, primero porque al final parece simpatizar con Rockefeller y su periódico de buenas noticias, segundo por el hecho de que el filántropo nunca se impuso del todo al depredador en la imagen pública. Eso simplemente no es verdad y creo que Onetti sabía que estaba contando una falsa historia, un rumor o mito, no en balde le atribuye las dos biografías a John Doe, que es el nombre que se le da en Estados Unidos a las identidades genéricas, desconocidas o que tienen que ser protegidas. Hablar de John Doe como el autor de las biografías es una forma de señalar que cualquiera pudo escribir esas biografías, es decir, que se trataban de ideas comunes en la cabeza de la gente al referirse a Rockefeller, el bueno, y Rockefeller, el malo. Pero la referencia a John Doe me permitió llegar a otro John: John K. Winkler.

Un personaje misterioso más. De Winkler no existe siquiera una entrada en Wikipedia y como información personal lo único que pude encontrar fue la esquela publicada el primero de agosto de 1958 en, no podía ser otro lugar, el New York Times, dando cuenta de la muerte a los 67 años del autor y biógrafo, que habría gozado de cierta fama entre 1928 y 1955 por sus trabajos, incluyendo el publicado en 1929, *John D.: a portrait in oils*.

La biografía de Rockefeller aparece incluso en el catálogo de la biblioteca de la Fundación Rockefeller, pero del autor lo único que al parecer queda es la noticia de su muerte. En el retrato al óleo —al aceite sería mejor, para preservar el juego de palabras del título original— Rockefeller queda realmente mal. Se trata de un auténtico libelo, por lo que no sería de extrañar que el autor haya sido sometido al olvido por una operación como la que insinúa Onetti.

En todo caso, la venganza de Winkler no estuvo en el hecho de que su pequeña biografía todavía puede ser encontrada y leída, tampoco en que se pueden reconocer ideas de la misma en fragmentos de las semblanzas del viejo John D. tras su muerte, sino en el efecto que la misma parece haber tenido en la mente de los lectores.

Cuenta Winkler que Rockefeller lee o se hace leer el New York Times en las mañanas y The New York Evening Post en las tardes, pero que los periódicos en realidad le dicen muy poco. Si quisiera, el viejo John D. pudiera publicar el periódico más interesante del mundo, haciendo referencia a la cantidad de informes que el magnate recibe desde cualquier parte del planeta. Rockefeller, agrega Winkler, lee solo lo que está resaltado pues le gusta recibir un avance resumido de cualquier cosa importante que esté sucediendo en el mundo.

El libro, como dije, fue publicado en 1929, poco antes o casi simultáneo con la caída de la bolsa de Nueva York y la consiguiente Gran Depresión. No está en mí saber si aquella referencia y los grandes hechos de la época dieron paso a una versión de Rockefeller leyendo informes y resúmenes sin las malas noticias del momento, pero parece bastante posible. También lo es que con un anciano más desvalido la versión se haya transformado en la de recibir su periódico favorito sin las noticias que más lo perturben.

¿Será realmente la biografía de Winkler el origen de la edición personal del New York Times de John D. Rockefeller? No lo sé con certeza, y aunque lo llegue a saber quedará pendiente la tarea de descubrir cómo el rumor se transmitió a Europa y se mantuvo vivo para ser mencionado en los años 80, casi 60 años después de publicado el libro de Winkler. Lo que sí sé es que la pesquisa llevaría a Suramérica.

Con el proyecto ya casi listo, converso con mi amigo y editor Fernando Olszanski, argentino, que al mencionarle de qué va *La última edición del New York Times*, me dice que a un presidente de Argentina le hacían lo mismo. Regreso a Google y la primera noticia que me encuentro sobre el periódico de Hipólito Irigoyen es un categórico desmentido. Cuenta Ángel J. Harman que el diario de buenas noticias fue parte de una campaña de desprestigio que los enemigos de Irigoyen llevaron a cabo con el fin de justificar el golpe de estado que le darían, bajo la idea de que el presidente estaba senil y era manipulado por su entorno. Hablamos de la segunda presidencia de Irigoyen, que comenzó en 1929 y terminó con el golpe en 1930.

La coincidencia de las fechas obliga a pensar que se trató del mismo rumor, que circulaba haciendo blanco en el anciano poderoso más a la mano. El Diario de Buenas Noticias es un tema en sí mismo, pero lo supe cuando ya estaba demasiado comprometido con el de Rockefeller.

Hay un tercer detalle importante en el artículo de Onetti, y el más relevante para mi proyecto. El artículo fue publicado el sábado 26 de enero de 1985. *El año de la muerte de Ricardo Reis* se publicó en Portugal en 1984 y llegó a España en 1985. Surge de inmediato la pregunta de si Onetti habría leído la anécdota de Rockefeller en la novela de Saramago, y de ser así si la leyó antes o después de escribir su artículo. Por las diferencias de tono de ambas versiones, mi impresión es que ambas referencias se construyeron en paralelo y no una a raíz de la otra.

Bien visto, un millonario que no puede presenciar el mundo tal cual es, derrotado por la realidad e incapaz de modificarla salvo en la primera página del periódico que lee, es una historia que se atiene bien al estado de ánimo de los 80. Reagan y Thatcher dominan la escena política mundial al punto de convertirse en doctrina, mientras que la Unión Soviética da los indicios de agotamiento y decadencia que la llevarán a desaparecer antes de que finalice la década. Es un mundo en crisis y por si fuera poco bajo la amenaza de desaparecer en cualquier momento por una hecatombe nuclear. Cualquiera habría querido, como lo deja ver Onetti, no tener que leer tanta noticia preocupante, no tener que sentir tanto desasosiego junto al primer café de la mañana o al tomarse un respiro en la tarde para afrontar el resto de la jornada. Si hasta Rockefeller lo prefería.

Cuando escribo esto, por el mundo ha circulado la noticia de la muerte definitiva del monstruo del lago Ness. Ya nadie clama haberlo visto, en la era del Instagram no se muestran fotos donde presumiblemente esté el monstruo retratado y han pasado más de 90 años desde el último avistamiento oficial registrado. Pero ¿la muerte del monstruo significa que murió el mito?

Un nuevo avistamiento del monstruo del lago Ness fue una de las noticias que Reis leyó aquella mañana del 19 de abril de 1936, el mismo día en que el médico brasileño se enteró de la existencia de un New York Times especial leído por John D. Rockefeller. Dos mitos conviven en las páginas del periódico leído por un personaje doble creación de un poeta y de un novelista. Al parecer, el monstruo del lago Ness está muriendo o ya murió, no de viejo sino de mengua. Mientras, cada cierto tiempo el New York Times de Rockefeller vuelve a ser editado por la imaginación de un escritor. Saramago, Onetti, Vásquez, Acosta, Eugui, conforman una especie de club literario secreto, el de los editores del New York Times de Rockefeller. La mía será la última edición hasta que venga otro escritor y atrapado por la magia de la anécdota se imagine a John D. Rockefeller leyendo un periódico de puras noticias falsas escritas especialmente para él.

Made in the USA
Columbia, SC
12 September 2018